新华经典

PIONEER

学术文库

苏辛词说

顾随 著

天津出版传媒集团
天津人民出版社

图书在版编目（CIP）数据

苏辛词说 / 顾随著 . -- 天津 : 天津人民出版社，2020.1
（新华经典学术文库）
ISBN 978-7-201-15262-2

Ⅰ . ①苏… Ⅱ . ①顾… Ⅲ . ①宋词 – 诗词研究 Ⅳ . ① I207.23

中国版本图书馆 CIP 数据核字 (2019) 第 280742 号

苏辛词说
SUXIN CISHUO
顾　随　著

出　　版　天津人民出版社
出 版 人　刘　庆
地　　址　天津市和平区西康路 35 号康岳大厦
邮政编码　300051
邮购电话　（022）23332469
网　　址　http://www.tjrmcbs.com
电子信箱　reader@tjrmcbs.com

责任编辑　章　赪
封面设计　吴黛君

制版印刷　三河市嘉科万达彩色印刷有限公司
经　　销　新华书店
开　　本　620 × 889 毫米　1/16
印　　张　13
字　　数　58 千字
版次印次　2020 年 1 月第 1 版　2020 年 1 月第 1 次印刷
定　　价　59.00 元

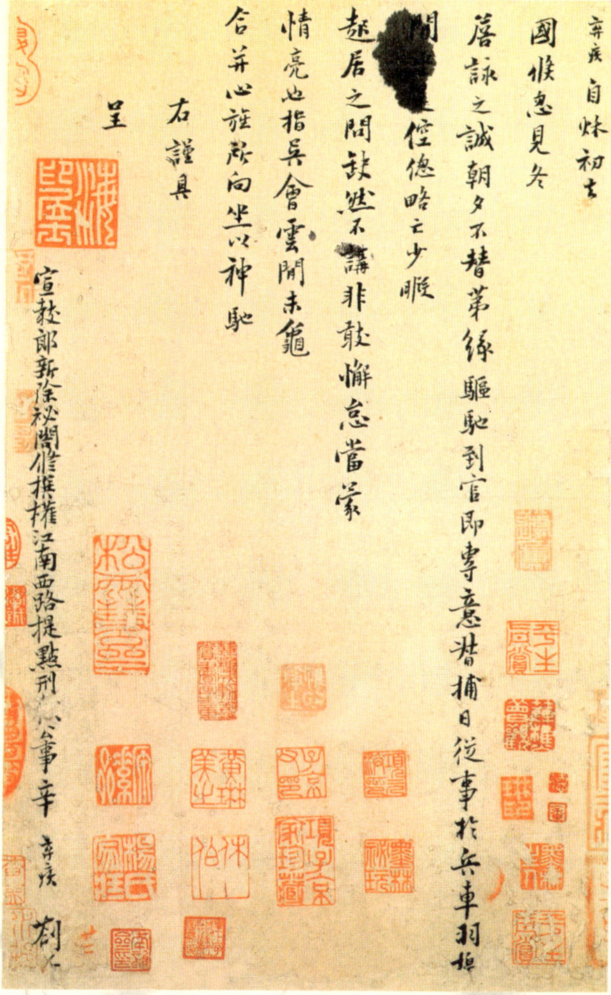

◎辛弃疾《去国帖》书于淳熙二年（1175年）

释文：弃疾自秋初去国，倏忽见冬，詹咏之诚，朝夕不替。第缘驱驰到官，即专意督捕，日从事于兵车羽檄间，坐是倥偬，略无少暇。起居之问，缺然不讲，非敢懈怠，当蒙情亮也。指吴会云间，未龟合并。心旌所向，坐以神驰。右谨具呈。宣教郎新除秘阁修撰，权江南西路提点刑狱公事，辛弃疾札子。

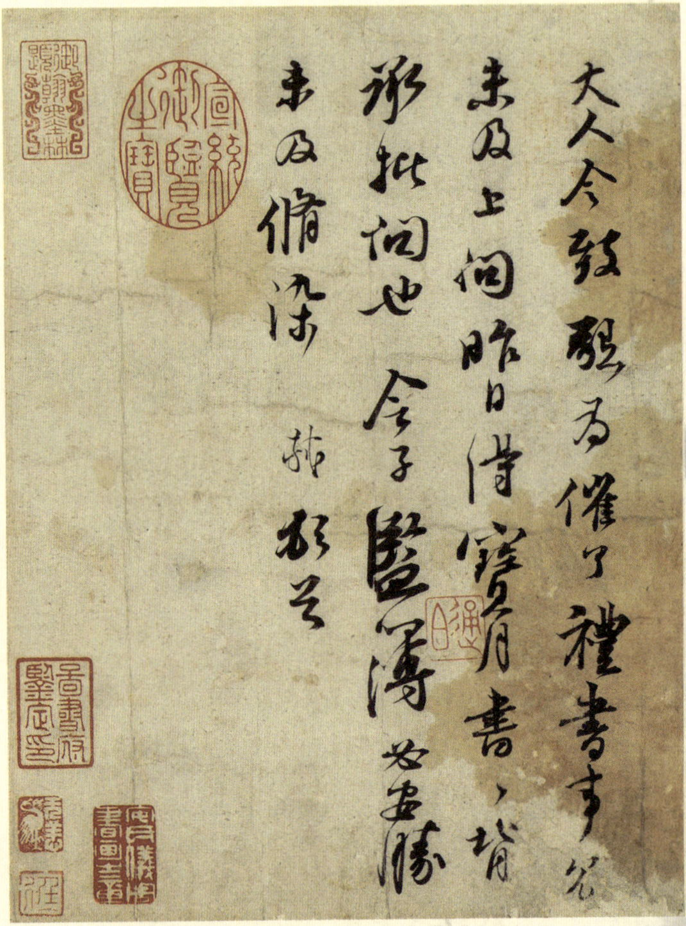

◎ 苏轼《宝月帖》书于治平二年（1065年）

释文：大人令致恳，为催了《礼书》，事冗，未及上问。昨日得宝月书，书背承批问也。令子监簿必安胜，未及修染。轼顿首。

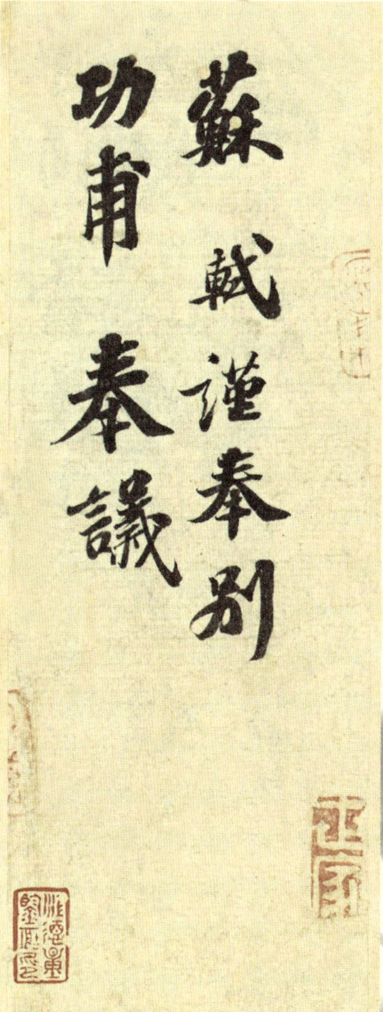

◎苏轼《功甫帖》

释文：苏轼谨奉别功甫奉议。

◎ 苏轼《京酒帖》书于元丰三年（1080 年）

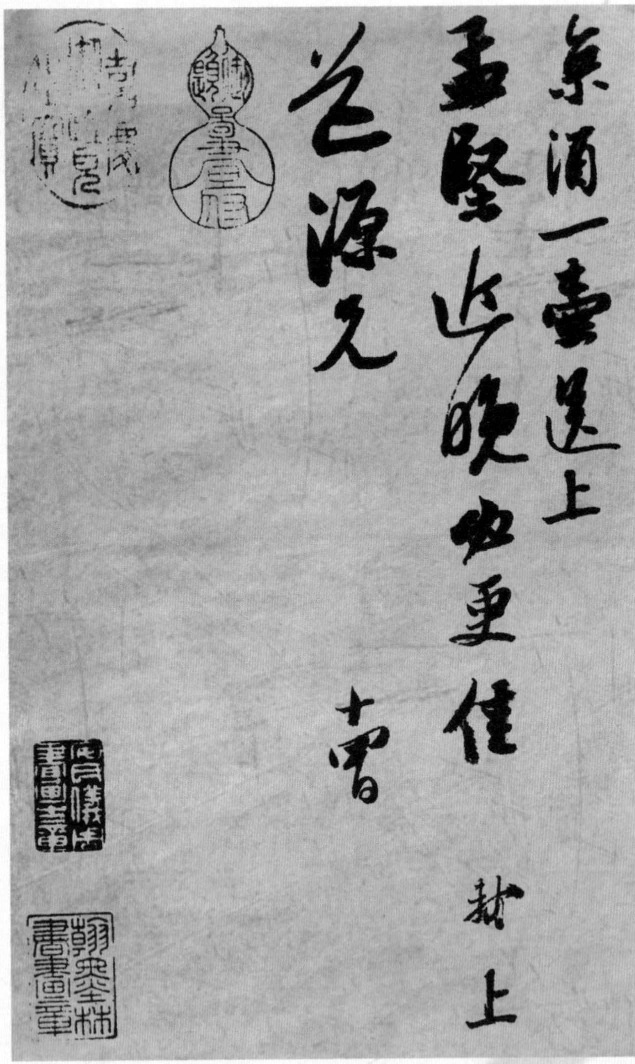

释文：京酒一壶送上，孟坚近晚，必更佳。轼上道源兄，十四日。

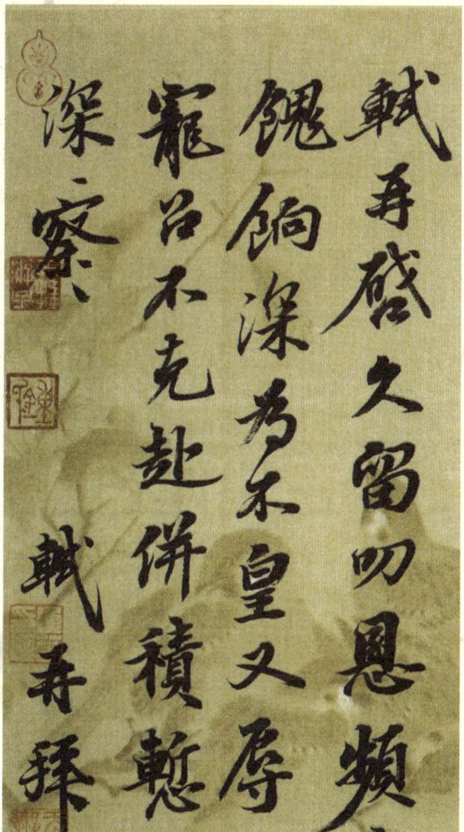

◎ 苏轼《久留帖》书于元丰八年（1085 年）

释文：轼再启。久留叨恩，频蒙馈饷，深为不皇。又辱宠召，不克赴。并积惭汗，惟深察、深察。轼再拜。

◎ 苏轼《令子帖》约书于绍圣元年（1094年）

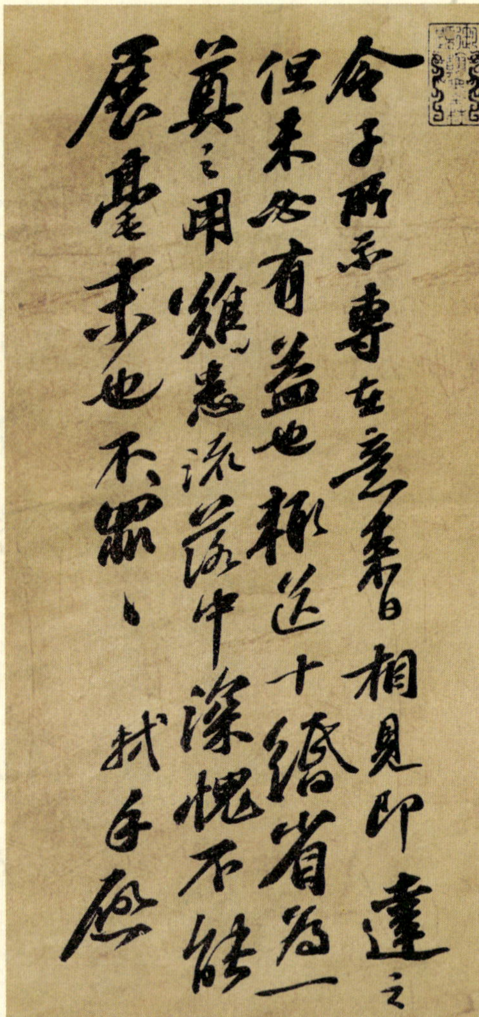

释文：令子所示，专在意，来日相见，即达之，但未必有益也。辄送十缗，省为一奠之用，难患流落中，深愧不能展毫末也。不罪不罪。轼手启。

◎ 苏轼《满庭芳词》书于元丰六年（1083 年）

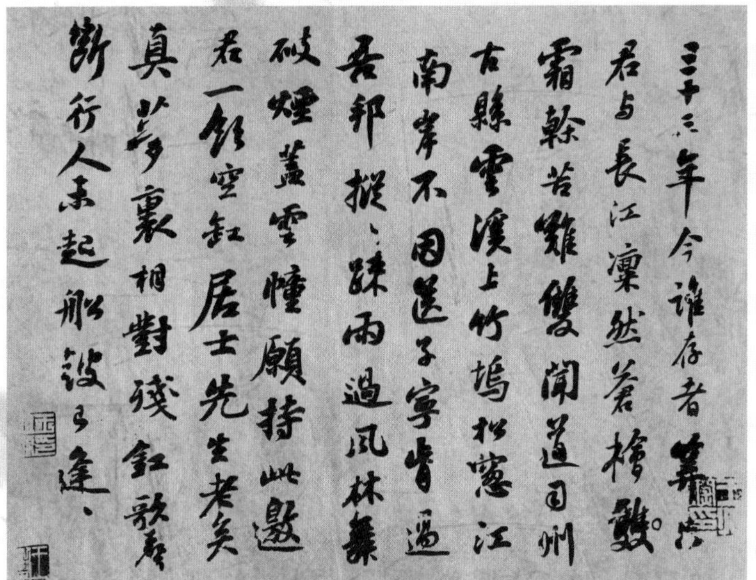

释文：三十三年，今谁存者？算只君与长江。凛然苍桧，双（圈去）霜干苦难双。闻道司州古县，云溪上、竹坞松窗。江南岸，不因送子，宁肯过吾邦？纵纵，疏雨过，风林舞破，烟盖云幢。愿持此邀君，一饮空缸。居士先生老矣！真梦里、相对残釭，歌声断，行人未起，船鼓已逢逢。

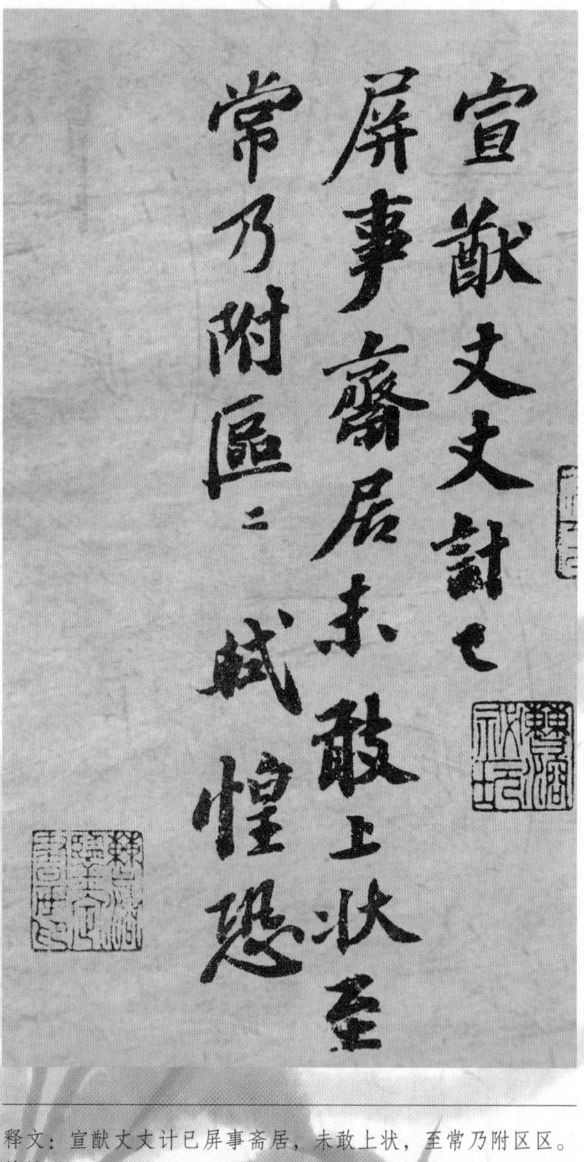

◎ 苏轼《屏事帖》书于元丰八年（1085年）

释文：宣猷丈丈计已屏事斋居，未敢上状，至常乃附区区。轼惶恐。

◎ 苏轼《职事帖》书于元丰六年（1083 年）

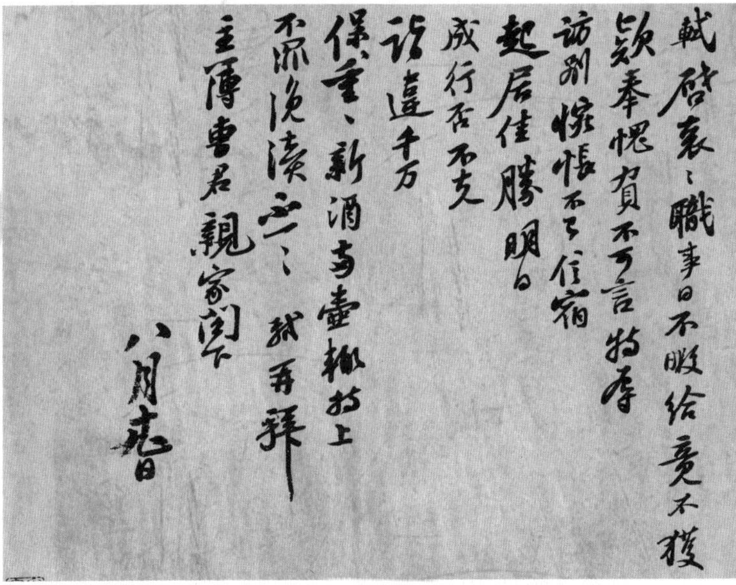

释文：轼启。衮衮职事，日不暇给，竟不获款奉，愧负不可言。特辱访别，惋怅不已。信宿起居佳胜。明日成行否？不克诣违，千万保重、保重！新酒两壶，辄持上，不罪浼渎。不一一。轼再拜主簿曹君亲家阁下。八月十九日。

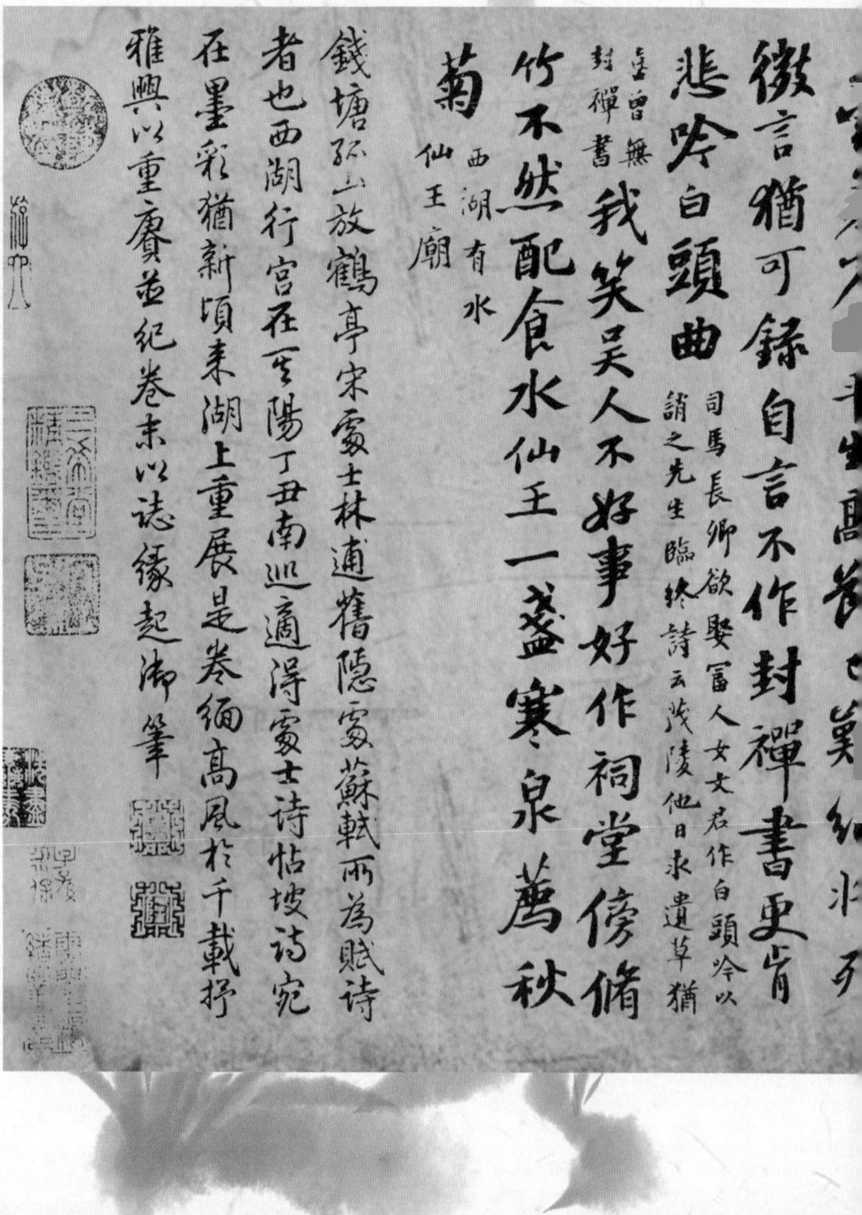

微言猶可錄自言不作封禪書更肯悲吟白頭曲司馬長卿欲娶富人女文君作白頭吟以諷之先生臨終詩云茂陵他日求遺草猶喜曾無封禪書我笑吳人不好事好作祠堂傍脩竹不然配食水仙王一盞寒泉薦秋菊西湖有水仙王廟

錢塘孤山放鶴亭宋處士林逋舊隱處蘇軾所為賦詩者也西湖行宮在孤山陽丁丑南巡適得處士詩帖坡詩究在墨彩猶新頃來湖上重展是卷緬高風於千載抒雅興以重賡並紀卷末以誌緣起御筆

◎ 苏轼《书和靖林处士诗后帖》约书于元祐四至六年（1089-1091 年）

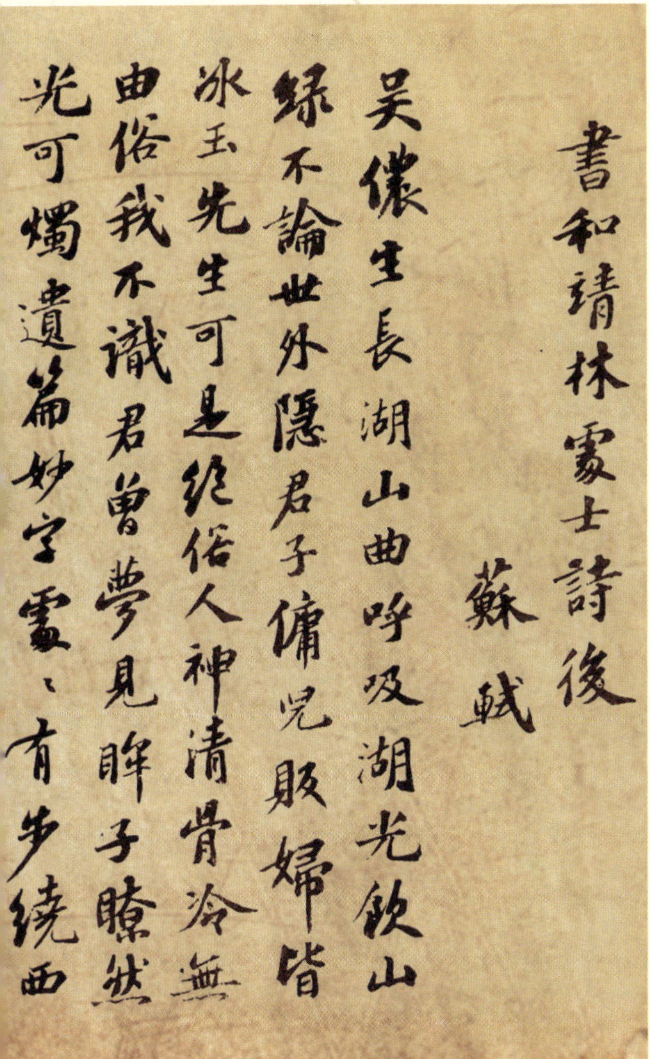

释文：吴侬生长湖山曲，呼吸湖光饮山渌。不论世外隐君子，佣儿贩妇皆冰玉。先生可是绝俗人，神清骨冷无由俗。我不识君曾梦见，瞳子了然光可烛。遗篇妙字处处有，步绕西湖看不足。诗如东野不言寒，书似西台差少肉。平生高节已难继，将死微言犹可录。自言不作封禅书，更肯悲吟白头曲。我笑吴人不好事，好作祠堂傍修竹。不然配食水仙王，一盏寒泉荐秋菊。

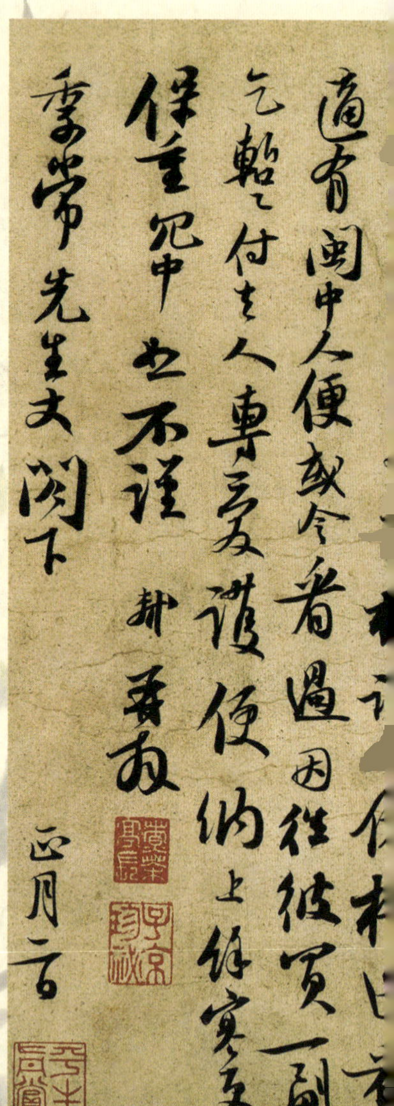

释文：轼启：新岁未获展庆，祝颂无穷，稍晴起居何如？数日起造必有涯，何日果可入城。昨日得公择书，过上元乃行，计月末间到此，公亦以此时来，如何？窃计上元起造，尚未毕工。轼亦自不出，无缘奉陪夜游也。沙枋画笼，旦夕附陈隆船去次，今先附扶劣膏去。此中有一铸铜匠，欲借所收建州木（此字旁注）茶臼子并椎，试令依样造看兼适有闽中人便。或令看过，因往彼买一副也。乞暂付去人，专爱护便纳上。余寒更乞保重，冗中恕不谨，轼再拜。季常先生文阁下。正月二日。

◎ 苏轼《新岁展庆帖》书于元丰四年（1081 年）

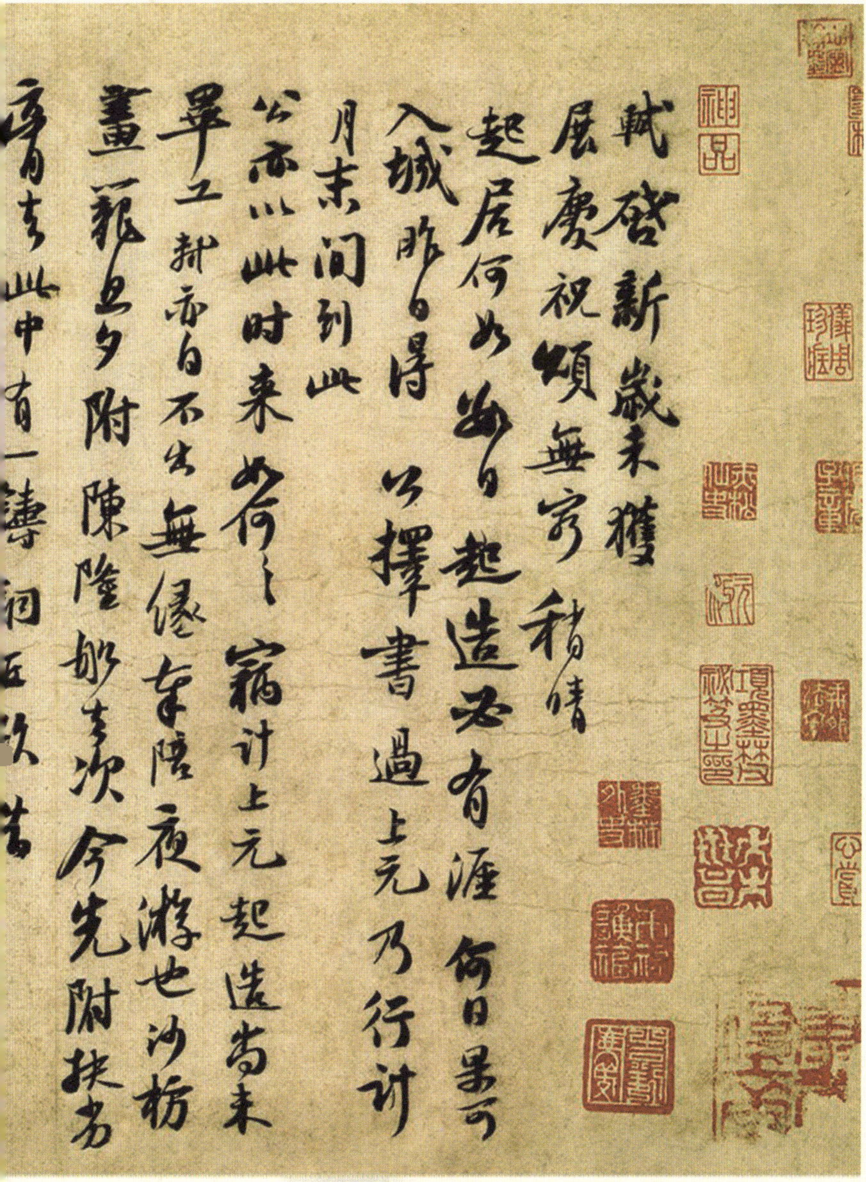

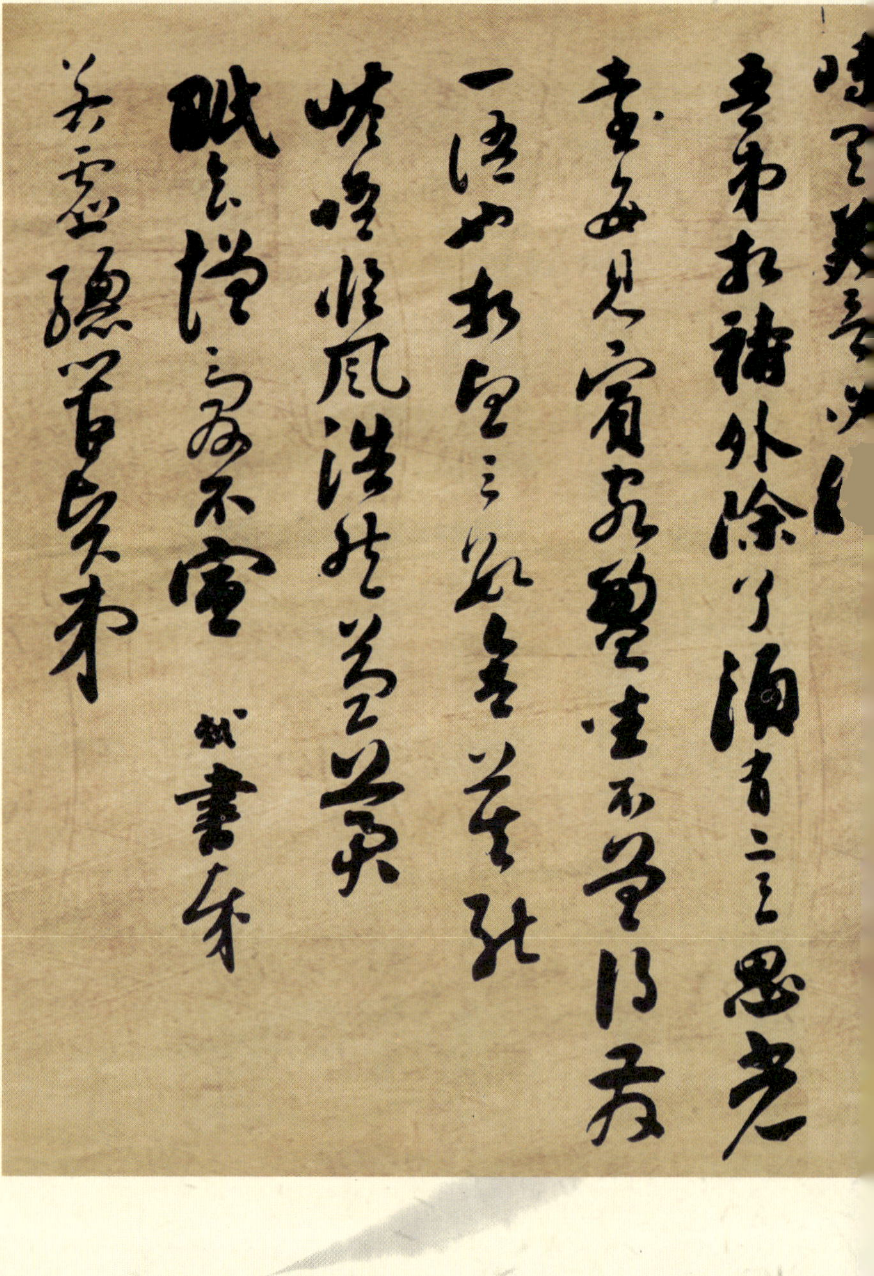

◎ 苏轼《致若虚总管尺牍》

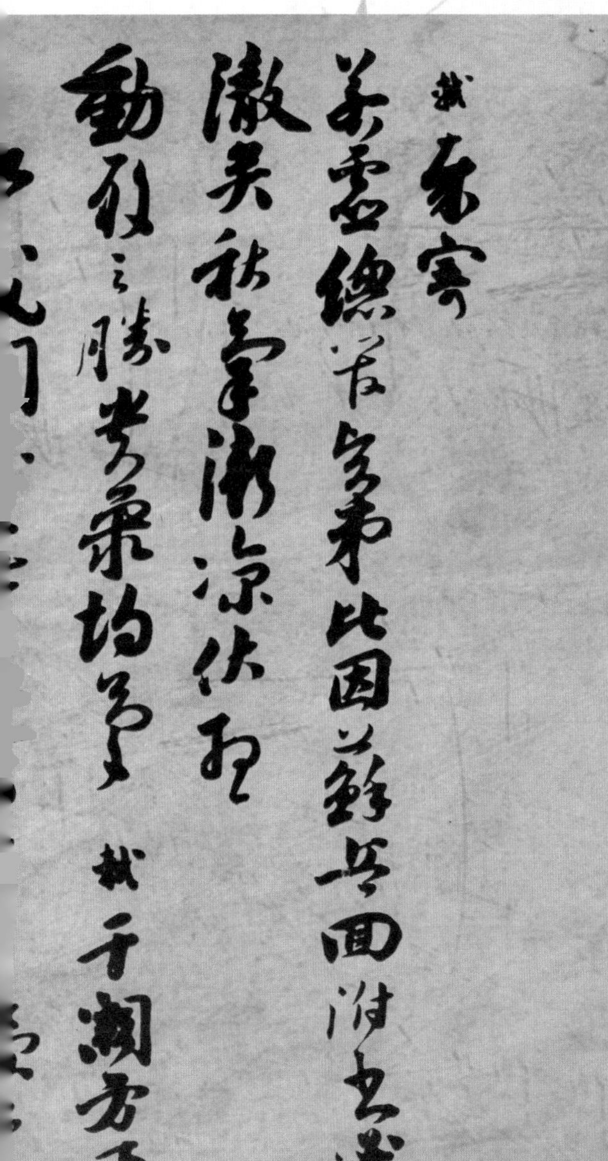

释文：轼奉寄。若虚总管，贤弟比因苏兵回附书，必澈矣。秋气渐凉，伏想动履之胜贵，聚均庆轼下阕方下三数日，或闻戍在旦暮耳。续公时有美言，必称吾弟相祷。外除了须有意思光远。每见宾客盈坐，不曾得发一语也。相望三数舍，莫能瞻晤，临风浩然，益冀眠食增爱不宜。轼书奉若虚总管贤弟。

◎ 苏轼《王晋卿帖》书于元祐元年（1086 年）

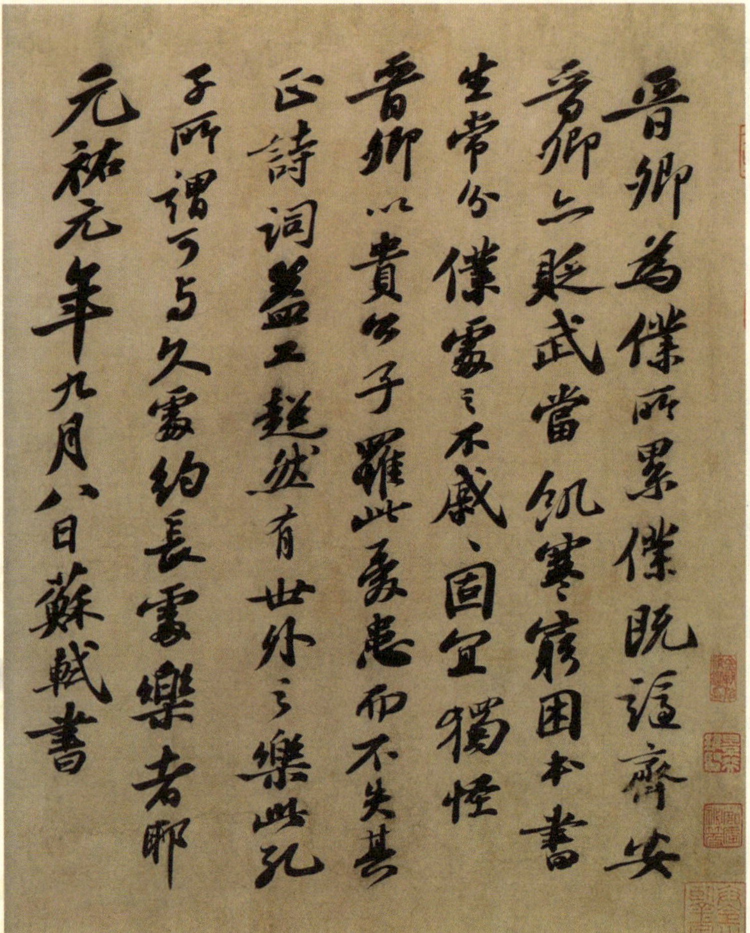

释文：晋卿为伴所累，伴既缟斋安。晋卿二贬武当，饥寒穷困，本书生常分，伴处处不戚戚，固宜独怪。晋卿以贵公子罹此忧患而不失其心，诗词益工，超然有世外之乐，此孔子所谓可与久处约长处乐者耶！元祐元年九月八日苏轼书。

目录

东坡词说

《苏辛词说》小引

周汝昌

先师羡季先生平生著述极富，而东坡稼轩两《词说》具有很浓厚的独创特色与重要的代表意义。我是先生写作《词说》之前后尝预闻首尾，并且首先得见稿本的二三门弟子中的一个，又曾承先生欣然首肯，许我为《词说》撰一序言。此愿久存怀抱，固然种种人事沧桑，未遑早就，但事关赏析之深微，义涉文章之精要，言说至难，落笔匪易，也是一个原因。今日回首前情，四十年往，先生墓门迢递，小生学殖荒芜，此刻敷楮搦管，不觉百端交集。其不能成义，盖已自知矣。

先生一身兼为诗人、词人、戏曲家、文家、书家、文艺鉴赏家、哲人、学者——尤其出色当行，为他人所难与伦比的，又是一位传道授业、最善于讲堂说“法”的“教授”艺术大师。凡是听过先生讲课的，很少不是惊叹倾倒，欢喜服膺，而且永难忘掉的。我常想，能集如许诸家众长于一身的，在那许多同时先后的名家巨擘中，也不易多觏；倘由先生这样的讲授大师撰写艺林赏析的文章著作，大约可以说是世间最能予人以教益、启沃、享受、回味的宝贵“精神营养品”了——因为先生在世时，方便使用的录音、录像之机都还不似如今这样人人可有，以致先生的笑貌音容、欬唾珠玉，随风散尽，未能留下一丝痕迹，所以仍须就先生的遗文残简而求其绝人之丰采、不朽之精神。循此义而言，《苏辛词说》就不妨看作是先生的讲授艺术的自家撰为文字的一种“正而生变”的表现形式，弥足珍贵。

先生一生致力最多的是长短句的研究与创作，“苦水词人”是大家对先生的衷心敬慕的称号；但先生自言：“我实是一个‘杂家’。”旧的社会，使先生这样的人为了衣食生计而奔波不停，心力交瘁，他将自己的小书斋取名为“倦驼庵”，也许可以使我们从中体会一些“境界”——那负重致远的千里明驼，加上了一个倦字为之形容，这是何等的“历史语言”啊！由于时代的原因，先生于无书不读之间，也颇曾留意佛学典籍与禅宗语录。凡是真正知道先生的，都不会承认他的思想中受有佛家的消极影响。正好相反，先生常举的，却是“透网金鳞”，是“丈夫自有冲天志，不向如来行处行”，其精神是奋斗不息、精进无止的。他阅读佛经禅录的结果，是从另一个方面丰富了他的文学体验，加深了他的艺术修养。他写《词说》，行文参用语录之体，自然与此不无关系。但采此文体，并非是为了“标新立异”或文人习气喜欢掉弄笔墨。今日读者对于这些事情，已然比较陌生得多了，便也需要稍稍解释一下了。

说采语录体而行文是否是为图一个“标新立异”，自然是从晚近的眼光标准来讲话的。语录语录，原本就是指唐代的“不通于文”的僧徒直录其师辈的口语而言，正是当时最普通的俗语白话的记录。到得宋代，理学家们也喜采此体，盛行于时，于是“语录”竟也变成了一种“文体”之名了。为什么语录盛行呢？说它在讲学传道上具有其优越性，大概是不算大错吧。那么羡季先生讲说宋词而参采语录之体，其非无故，便已晓然。还应当看到，先生的《词说》，也并非就是一味模仿唐沙门、宋诸子，而是取其所长，更加创造——也就是一种大大艺术化了的“语录文体”。这些事物，今天的读者恐怕会感到十分新奇，甚至觉得“阴阳怪气”，其妙莫名了。假如是这样，就会妨碍他很好地领会先生的苦心匠意，那将是一大损失和憾事。故此不惜辞费，先就此一义，略加申解。

然而，上述云云，又不可只当作一个“文体问题”来理会。这并非是一个单纯的形式体裁的事情。它的实质是一个如何表达思想感情、道理见解的艺术问题。盖禅宗——语录的艺术大师们的流派——是中原华夏之高僧大德将西土原始佛法大大加以民族化了的一门极其独特的学问，它对我们的文学艺术，产生了极其巨大深远的影响。不理解这一层关系，那中国文艺全史就是不好讲的了。写意画的兴起和发展，诗歌理论和创作中的神韵、境界的探索和捕捉，都和禅宗精神有千丝万缕的牵连。禅家论学，讲究破除一切形式的障碍阻阂，而“直指本源”。它的意思是必须最直捷了当地把握事物的最本质的精神，而不要为任何陈言俗见（传统的、久惯的、习以为然的“定了型”的观念见解）所缚所蔽。因此禅宗最反对烧香念佛、繁文缛节、形式表面，而极端强调对任何权威都不可迷信，不惜呵佛骂祖，打倒偶像（将木佛劈了作柴烧），反对缀脚跟、拾牙慧，具有空前的勇敢大胆、自具心眼、创造精进的新精神。不理解这个十分重要的一面，一听见说是禅宗属于“佛法”，便一古脑儿用一个什么标签了事，那也会对我们的百世千年的民族文化精神的真面全貌造成理解上的许多失误。读先生的《词说》，更要细心体味他行文说理的独特的词语和方式，以及采用禅家“话头”“公案”的深刻而热切的存心用意，才不致于像《水浒传》里的黑旋风李逵，听了罗真人的一席话言，全不晓得他“说些甚底”。那岂不有负先生的一片热情，满怀期望。

我国文艺传统上，对作家作品的品评赏析，本亦有我们自己的独特的方式，这又完全是中华民族的，而不应也不能是与西方的一模一样；加上禅家说法传道的尤为独特的方式，就成为了一种濬发灵源、溉沃智府的高超的艺术和学问。其最主要的精神是诱导启示，使学人能够自寻蹊径、独辟门庭，而最忌硬套死搬、灌食填鸭、人云亦云、照猫画虎。以是之故，先生的《词说》里是找不见什么时代、家世、生平、典故、训诂……这些“笺注性”的死知识的——这些都不难从工具书上查他一个梗概。先生所说的，全是以一位诗人的细心敏感，去做一位学者的知人论世，而在这样的相得益彰的基础上，极扼要地、极精彩地抉示出了文学艺术的原由体性，评骘了名家巨匠的得失高低——而这一切，只为供与学人参考借镜，促其精思深会，而迥异乎“唯我最正确最高明”“天下之美尽在于斯”的那种自居自炫和人莫予毒的心理态度。

先生的讲说之法，绝不陈米糟糠、油盐酱醋、流水开账，以为“美备”；也绝不同于较短量长、有意翻案，以耸动世人耳目为能事；他只是指头一月，颊上三毫，将那最要害、最吃紧的关节脉络，予以提撕，加之勾勒，使作者与讲者的精神意度，识解胸襟，都一一呈现于目前，跃然于纸上——一切都是活的。他不像那些钝汉，专门将活龙打作死蛇来弄。须知，凡属文学艺术，当其成功出色，无不是虎卧龙跳、鸢飞鱼跃样的具有生命的东西，而不善讲授的，却把作死东西来看待，只讲一串作者何年生、何年卒、何处人民、何等官职，以至释字义、注故实、分段落、标重点……如此等等，总之是一大堆死的“知识”而已，究其实际，于学子的智府灵源，何所裨益？又何怪他们手倦抛书，当堂昏睡乎？——然而，正是习惯于那种引睏的讲说之法的，总以为那才是天经地义，乍一见先生的《词说》，无论文体语调，还是方法方式，都会使他吃惊不小；“离经叛道”“野狐参禅”“左道旁门”，以及其他疑辞贬语，也许就不免啧啧之言了。比如，有人看了《词说》，会诧异诘问：为何不见一句是讲思想性与艺术性？他却不能懂得：先生字字句句，都在讲那真正的思想性和艺术性，只不过这一切都是中华民族的文艺概念、美学观点，并且也是中华的表现法讲说法，而非照搬舶来之界说与词句罢了。当然，讲我们中华民族的文艺特色，除却人们常用的思想性与艺术性而外，是否就没有了别的可讲——或者讲了别的就是“错误”的了？这正是一个问题。读《词说》而引起认真严肃地思考的学人，定会想上一想，并试行研寻解答这些课题。对这一点我是深信而不疑的。

《词说》正文，篇篇珠玉，精义名言，络绎奔会，给读者以极大的启迪与享受。然而两篇《自序》，同样十分之重要，这都是先生数十年覃思渊索的结晶之作，最堪宝贵。就我个人的感觉，从行文的角度来说，《东坡词说》卷尾的《自序》[1]笔致又与“说辛”卷端的《自序》

[1] 该《自序》在本书中题为《后叙》。——编者注

不同。后者绵密有余，而不无缓曲之患；前者则雄深雅健，老笔益见纷披矣，盖得力于汉魏六朝高文名手者为多。我还想试为拈出的是先生写到《东坡词说》之时，思致更为深沉，心情益觉严重，哲思多于感触，笔墨倍形超脱，已经是逐步地脱离了开始写“说辛”时的那一种心境和文境了。两部《词说》，本系姊妹为篇，同时相继，一气呵成，而其异同，有如是者。说辛精警，说苏深婉。精警则令人振奋而激动，深婉则令人叹喟而感怀。苏辛之不同科，于此亦可概见，而顾世之评者犹然“苏辛豪放”，众口一词，混然不别，先生言之之切，亦已晓然。破俗说，纠误解，原非《词说》之主体，而举此一端，亦足见先生借禅家之宗旨，提倡自具心眼、自行体会，于学文之人为何等重要了。

凡了解历史、尊重历史的，都会承认，王静安的《人间词话》是一部词学理论史上的重要著作，而且影响深远，又不限于词之一门，实是涉及我国广义的诗学理论与文艺评论鉴赏的一部具有世界声誉的著作。先生之于王氏《词话》，研索甚深，获益匪浅，也是可以看得出的事实。但先生的《词说》，其意义与价值，超过于静安之《词话》，我在四十年前初读《词说》时，即如此估量。估量是否得实，岂敢自定。以余所见，先生之《词说》，视静安之《词话》，其所包容触发，无论自高度、广度而言，抑或自深度、精度而论，皆超越远甚。先生之论词，自吾华汉文之形音义说起，而迄于高致之生焉。所谓高致，先生自谓可包神韵与境界而有之。窃尝与先生书札往还，商略斯事，以为神韵者何耶，盖人之精神不死者为神，人之意致无尽者为韵，故诗词文章，首须具有生命，而后济以修养——韵者即高度文化修养之表现于外者也，神者则其不可磨灭而蕴于内者也。至于境界者又何谓耶？

盖凡时与空之交会，辄一境生焉，而人处其间，适逢其会，而有所感受，感而写之，是即所谓境界。先生尔时，深致赞许，以为能言人所未能言。及今视之，境界为客观之事，人之所感乃主观之事，境固有自性，不以人为转移，然文学艺术，并非单纯反映客观如镜面与相机也，以其人之所感，表于文字，而览者因其所感而又感焉，此或谓之共振共鸣，互为激越、互为补充也。循是以言，其有感之人，品格气质，学识胸襟，必有浅有深、有高有下——由是而文艺作品之浅深高下分焉。徒言境界，则浅深高下皆境界也，有境界果即佳作乎？殊未可必。况静安自言：有写境，有造境。其所谓写境，略近乎今之日“反映”云者。若夫造境，余常论温飞卿之《菩萨蛮》，率不同于实境之反映，而大抵词人以精美华贵之物象而自创之境也；境既可造，必其所造之境亦随造者心性之浅深高下而大有不同。是以太史公之论屈大夫也，椽笔大书：“其志洁，故其称物芳。”然则《楚骚》之境界，盖因屈子之高致而始有矣。

志洁、物芳，二者之间，具有辩证法的关系，是以读者又每即词中之物芳，而定知词人之志洁。此则先生所以标高致之意，可略识焉。盖高致者何？吾中华民族之高度才情、高度文化、高度修养之一种表现是也。先生举高致为对词人词作之第一而最后之要求，而不徒取境界一词，根由在此。昔者龚定庵戏拈“柳绿桃红三月天，太夫人移步出堂前”以为笑枋。夫此二句，岂果一毫境界亦无可言者乎，实又不可谓之绝无。然则其病安在？曰：苦无高致耳。无高致，纵然字句极工，乃不得为诗为词，于此可见矣。东坡尝笑“认桃无绿叶，辨杏有青枝”，而云：“诗老不知梅格在，谓言绿叶与青枝！”而“疏影横斜水清浅，暗香浮动月黄昏”之句，传为咏梅绝唱者，岂不亦即系乎高致之有无哉。是以先生论词之极则，而标以高致。即此而察，先生所会，已突过王氏。此外胜义，岂易尽举。至若先生之《词说》，商略旧问题固然已多，而提揭新课目，更为不少。即《词说》以窥先生之文学思想、艺术精神，可以勒为专著，咀其英华，漱其芳润，滋荣艺圃，霑溉文林，必有取之逢源，用之无匮之乐矣。

但四十年来，国内学人，知先生词说者尚少，其意义与价值毕竟如何，当然有待于公证。唯是四十年前之历史环境，与今大异，先生此作，又未能广泛流布，其一时不获知者，原不足异；今者行将付梓，固是深可庆幸之盛事。然而词坛宗匠，半已凋零，后起来哲，能否快读先生之《词说》而领其苦心、识其旨趣？又觉不无思虑。实感如此，无须讳饰。但念江河万古之流，文章千秋之业，如先生之所说，与吾中华民族文化精神无有一合，虽我一人爱奉之，维护之，又有何济。如先生之所说，实与吾中华民族文化精神甚合甚切，则民族文化精神长存，即先生之《词说》亦必随之而不可没，而我又何虑乎？

回忆先师撰作《词说》之时，吾辈皆居平津沦陷区，亡国之痛，切肤割心，先生之词句有云："南浦送君才几日？东家窥玉已三年。嫌他新月似眉弯！"先生之诗句又曰："秋风瑟瑟拂高枝，白袷单寒又一时；炒栗香中夕阳里，不知谁是李和儿？"（李和儿宋汴京炒栗驰名，金陷汴都，李流落燕山〔今北京也〕，尝流涕语宋之使金者：我东京李和儿是也。）爱国之丹心，隐耀于宫徵之间，此情谁复知者？尔时吾辈书生，救亡无力，方自深惭，顾犹以研文论艺相为濡沫，盖以为中华民族文化精神不死，则吾中华民族岂得亡乎？嗟嗟，此意之于《词说》，又谁复知者！

吾为先师《词说》作序，岂曰能之，践四十年前之旧约也。文已冗长，而于先生之精诣，曾无毫发之发挥，而可为学人之津渡者。抚膺自问，有负先生之所望，为愧何如！然迫于俗事，吾所欲言正多，而又不得不暂止于此。他日或有第二序，以报先生，兼以印证今昔识解之进退，可也。

癸亥端午佳节　受业周汝昌谨述于北京东城

（引自《砚霓小集》）

稼轩词说

词　目

词目后记

去岁拟说稼轩词时，选词既定，曾有记如右。比莘园[1]抄来，竟不曾说。今日再阅一过，回想尔时胸中所欲言者俱已幻灭，如云如烟，不可追求。但约略记得，其时颇有与诸家理会一向之意。今所写，则极力避免与前人斗口，若其间有不合则固然耳，与去岁无以异。吾甚幸去岁之不曾说，省却多少口舌是非。吾又甚悔去岁之不曾说，事过境迁，遂致曾无踪迹可证吾之学力与识力有无进益也。旧说既无有，而今吾所说又稍稍异前所见，又旧所选。不曾分卷，今厘而二之，上卷多飞动之作，下卷所选稍较恬静。又于下卷中弃《临江仙》“金谷无烟”一首、《鹧鸪天》“晚日寒鸦”一首、“有甚闲愁”一首。而补以今之《青玉案》《感皇恩》《清平乐》。则旧记本可不存。而仍存之者，敝帚自珍之外，意者小小意见，或亦有可供二三子参会处耶。自吾初著笔为此“说”，时在中伏，日长天暑，今虽立秋，仍在三伏，

[1] 顾随弟子滕茂椿的别号。——编者注

秋老虎之馀烈，犹未稍减。吾之病躯虽较旧时为健，而苦思久坐，头之眩，腰之楚，亦屡屡迫我停笔卧床。至于挥汗如雨，倦目生花，可无道矣。吾写至此，《词说》真将卒业矣。虽曰自喜，终竟惭愧。圜悟和尚问其弟子宗杲曰：“达摩西来，将何传授？”杲曰：“不可总作野狐精见解。”又问：“据虎头，收虎尾，第一句下明宗旨。如何是第一句？”杲曰：“此是第二句。”吾今兹之“词说”，其皆野狐精见解与第二句乎？

卅二年八月十二日记于净业湖南之倦驼庵

自　序

苦水[1]曰：自吾始能言，先君子即于枕上口授唐人五言四句，令哦之以代儿歌。至七岁，从师读书已年余矣。会先妣归宁，先君子恐废吾读，靳不使从，每夜为讲授旧所成诵之诗一二章。一夕，理老杜《题诸葛武侯祠》诗，方曼声长吟“遗庙丹青落，空山草木长”，案上灯光摇摇颤动者久之，乃挺起而为穗。吾忽觉居室墙宇俱化去无有，而吾身乃在空山中草木莽苍里也。故乡为大平原，南北亘千余里，东西亦广数百里，其地则列御寇所谓“冀之南汉之阴，无陇断焉”者也。山也者，尔时在吾亦只于纸上识其字，画图中见其形而已。先君子见吾形神有异，诘其故，吾略通所感。先君子微笑，已而不语者久之，是夕遂竟罢讲归寝。吾年至十有五，所读渐多，始学为诗，一日于架上得词谱一册读之，亦始知有所谓词。然自是后，多违庭训，负笈他乡。二十岁时，始更自学为词。先君子未尝为词，吾又漫无师承，信吾意读之，亦信吾意写之而已。先

---

[1] 顾随笔名为苦水，文中即以苦水自称。——编者注

君子时一见之，未尝有所训示，而意似听之也。顾吾其时已知喜稼轩矣。世间男女爱悦，一见钟情，或曰宿孽也。而小泉八云说英人恋爱诗，亦有前生之说。若吾于稼轩之词，其亦有所谓宿孽与前生者在耶？自吾始知词家有稼轩其人以迄于今，几三十年矣。是之间，研读时之认识数数变，习作之途径亦数数变，而吾每有所读，有所作，又不能囿于词之一体。时而韵，时而散，时而新，时而旧，时而三五月至三五年摈词而不一寓目，一著手。而吾之所以喜稼轩者或有变，其喜稼轩则固无或变也。意者稼轩籍隶山东，吾虽生为河北人，而吾先世亦鲁籍，稼轩之性直而率，戆而浅，故吾之才力、之学识、之事业，虽无有其万之一，而性习相近，遂终如针芥之吸引，有不能自知者耶。噫，佛说因缘，难言之矣。然自是而交好多目余填词为学辛，二三子从余治词者亦或以辛词为问，而频年授书城西校中，亦曾为学者说《稼轩长短句》。一九四一年冬，城西罢讲，是事遂废。会莘园寓居近地安门，与吾庐相望也，时时过吾谈文。一日吾谓平时室中所说，听者虽有记，恐亦难免不详与失真。莘园曰："若是，何不自写？"吾亦一时兴起，乃遴选辛词二十首，付莘园抄之。此去岁春间事也。然既苦病缠，又疲饥驱，荏苒一载将半，始能下笔，作辍二十余日，终于完卷。亦足以自慰，足以慰莘园，且足以慰年来函询面问之诸友也。夫说辛词者众矣，吾尝尽取而读之，其犁然有当于吾心者，盖不数数遘。吾之说辛，吾自读之，亦自觉有稍异夫诸家者。吾之视人也既如彼，则人之视吾也，其必能犁然有当于心也耶？彼此是非，其孰能正之？虽然，既曰说，则一似为人矣。吾之是说，如谓为为人，则不如谓为自为之为当。此其故有三焉。其一，吾二十余年来读辛词之所见，零星散乱，藉此机缘，遂得而董理之。其二，吾初为上卷时，笔致甚苦生涩，思致甚苦艰辛，情致甚苦板滞，及至下卷，时时乃有自得之趣。其三，吾平时不喜为说理之文，于是亦得而练习之。为人之结果若何，吾又乌能知之，若其自为，则吾已有种豆南山之感矣。胜业虽小，终愈于无所用心耳。或有谓既以自为而非为人，又何必词说之为？曰：既非为人而以自为，又何不可为词说也？陶公诗时时言酒，而人谓公之意不在酒，藉酒以寄意耳。夫其意在酒，固须言酒；若其意不在酒，而陶公之诗乃又不妨时时言酒也。且夫宇宙之奥，事物之理，吾人其必不能知耶？苟其知之，吾人又必能言之耶？孔子为天纵之圣，释迦为出世之雄，是宜必能知矣。孔子循循善诱，诲人不倦，而曰："予欲无言。"释迦在世，说一大藏教，超度众生，而曰："若人言如来有所说法，即为谤佛。"以圣人与大雄，尚复如是，则说之难欤？抑说之无益欤？月固月也，人不识月，而吾指以示之，则有认指为月者矣。水固水也，析之为氢二氧，无毫发虚伪于其间也，说之确当无加于是矣。然既氢二氧矣，又安在其为水也？若是夫说之难且无益也。孔子与释迦所说者道，而今吾所欲言者文。道无形而文有体，则说道艰而说文易。古来说文之作，吾所最喜，陆士衡《文赋》，刘彦和《雕龙》，是真意能转笔，文能达意者。然士衡曰："是盖轮扁之所不得言，故亦非华说之所能精。"又曰："盖所能言者，具于此云尔。"则有欲言而不能言者矣。至刘氏之《文心雕龙》，较之《文赋》，加详与备。然其《序志》亦曰："虽复轻采毛发，深极骨髓，或有曲意密源，似近而远，辞所不载，亦不胜数。"以二氏之才识与思力，专精于文，尚复如是，吾未见说文之易于说道也。是故知之愈多，言之愈寡；知之弥邃，说之弥艰；文之与道无殊致也。彼孔子与释迦，陆机与刘勰，皆知道与知文者也，宜其言之如是。吾于道无所知，自亦不言，至今之说辛词，词亦文也，说词亦岂自谓知文？陆氏与刘氏，维其知文，虽不能忘言，要不肯易言，故有前所云云耳。若夫苦水维其不知文，故转不妨妄言之，是亦陶公饮酒之别一引申也。夫子之言性与天道，不可得而闻。彼村氓山樵，释耒弛担，田边林下，亦间谈性天。此岂能与夫子并论？彼村氓山樵，不独无方圣人之意，亦并无自谓有知性天之心，要之，亦不能不间或一谈而已，亦更不须援刍荛之言，圣人择焉而为之解嘲也。于是乃不害吾说文，又不害吾说辛词也。而吾又将奚以说也？于古有言：文以载道。若是乎文之不能离道而自存也。然吾读《论语》《庄子》及大雄氏之经，皆所谓道也，而其文又一何其佳妙也？《论语》之文庄以温，《庄子》之文纵而逸，佛经之文曲以直、隐而显。如无此妙文，则其书将谁诵之？而其道又奚以传？若是乎道之有赖于文也。彼载道之文，且复如是，则为文之文将何如邪？古亦有言：诗心声也，字心画也。夫如是，则学文之人将如何以涵养其身心，敦励其品行乎？殆必如儒家之正心诚意，佛家之持戒修行而后可。虽然，审如是，即超凡入圣，升天成佛，于为文乎何有？且吾即将如是以说耶？则虽谈天雕龙，辨析秋毫，于说文又何有？奈学文者又决不可忽视上所云之涵养与敦励。然则如之何而可？于此而有简当之论，方便之门，夫子之忠与恕，初祖之直指本心，见性成佛是也。所谓诚也。故曰："修辞立其诚。"故曰："诚于中，形于外。"吾尝观夫古今之大文人大诗人之作，以世谛论之，虽其无关于真义之处，亦莫不根于诚，宿于诚。稼轩之词无游辞，则何其诚也。复次，文者何？文也者，文彩也。无彩，即不成其为文矣。吾之所谓文彩，非脂粉熏泽之谓。脂粉熏泽，皆自外铄，模拟袭取，非文彩也。而欲求文彩之彰，又必须于文字上具炉捶，能驱使，始能有合。

小学家之论小学也，曰形，曰音，曰义。今姑借此固有之假名，以竟吾之说。曰义者，识字真，表意恰是，此尽人而知之矣。然所谓识字，须自具心眼，不可人云亦云。否则仍模袭，非文彩也。曰形者，借字体以辅义是。故写茂密郁积，则用画繁字。写疏朗明净，则用画简字。一则使人见之，如见林木之蓊郁与夫岩岫之杳冥也。一则使人见之，如见月白风清，与夫沙明水净也。曰音者，借字音以辅义是也。故写壮美之姿，不可施以纤柔之音；而宏大之声，不可用于精微之致。如少陵赋樱桃曰“数回细写”，曰“万颗匀圆”。细写齐呼，樱桃之纤小也；匀圆撮呼，樱桃之圆润也。以上三者，莫要于义，莫易于形，而莫艰于声。无义则无以为文矣，故曰要。形则显而易见，识字多则能自择之，故曰易。若夫音，则后来学人每昧于其理，间有论者，亦在恍兮惚兮、若有若无之间，故曰艰。曰要，曰易，曰艰，以上云云，就知之而言也。若其用之于文也亦然。虽然，古来大家，其亦果知之耶？要亦行乎其不得不然，不如是，则不惬于其文心而已。今吾亦既再三言之，则亦似知之矣，而吾之所作，其果能用之耶？即能用之，其果能必有合耶？吾尝笑东坡“魂飞汤火命如鸡”一句之非诗，其义浅而无致，其形粗而无文，其声则噪杂而刺耳。东坡世所谓才人也，而其为诗，乃有此失，其他作家，自宋而后，虽欲不等诸自郐以下不可得也。若夫往古之作，“三百篇”、《楚辞》《十九首》，曹孟德、陶渊明，于斯三者，殆无不合。李与杜，则有合有离矣。然其高者，亦殆无不合。今姑以杜为例。七言如“风吹客衣日杲杲，树搅离思花冥冥”，如“子规夜啼山竹裂，王母昼下云旗翻”，如“骏尾萧梢朔风起”，如“万牛回首丘山重”，五言如“重露成涓滴，疏星乍有无”，如“露从今夜白，月是故乡明”，如“云卧衣裳冷”，如“侧目似愁胡”等，皆于形、音、义三者，无毫发憾。学人有心，细按密参，自有入处，不须吾一一举也。稼轩之词，亦有合有离矣。其合者，一如老杜，即以今所选诸词论之，如《念奴娇》之“凄凉今古，眼中三两飞蝶”，如《沁园春》之“叠嶂西驰，万马回旋，众山欲东”，如《鹧鸪天》之“红莲相倚浑如醉，白鸟无言定自愁”，如《南歌子》之“月到愁边白，鸡先远处鸣”等，学人亦可自会，又不须吾一一说也。虽然，吾上所拈举，聊以供学人之反三云尔。吾非谓二家之合作即尽于是，亦非谓其有句而无篇也。即今所选辛词二十章，亦岂遂谓足以尽稼轩哉？抑吾尚有不能已于言者，凡夫形、音、义三者之为用也，助意境之表达云尔。是故是三非一，亦复即三即一。一者何？合而为意境而已。一者何？即三者而为一而已。故视之而睹其形，诵之而听其声，而其义出焉。又非独唯是也，听其声而其形显焉，而其义出焉。若是则声之辅义更重于形也。三即一者，此之云尔。且三者之合为文而彰为彩也，不可以无心得，不可以有心求。稍一勉强，便非当家。古之作者，其入之深也，常足以探其源而握其机。故能操纵杀活，太阿在手。其出之彻也，又常冥然如无觉，夷然如不屑。故能左右逢源，行所无事。于是而所谓高致生焉。吾乃今然后论高致。吾国之作家，自魏、晋、六朝迄乎唐、宋，上焉者自有高致；其次知求之，有得不得；其次虽知求之，终不能得；若其未梦见者，又在所不论也。稼轩之为词，初若无意于高致，则以其为人，用世念切，不甘暴弃，故其发而为词，亦用力过猛，用意太显，遂往往转清商而为变徵，累良玉以成疵瑕，英雄究非纯词人也。然性情过人，识力超众，眼高手辣，肠热心慈，胸中又无点尘污染，故其高致时时亦流露于字里行间。即吾所选二十首中，如《水龙吟》之“楚天千里清秋，水随天去秋无际”，《鹊桥仙》之“看头上风吹一缕”，《清平乐》之“谁似先生高举，一行白鹭青天”，皆其高致溢出于不觉中者也。义已详《说》中，兹不赘。问：既曰高致，则作品所表现，亦尝有关于作者之心行乎？曰：此固然已。而吾又将乌乎论之？且此宁须论也？且吾前此拈心画、心声时不已稍稍及之矣耶？故于此亦不复论。若高致之显于作品之中也，则必有藉乎文字之形、音、义与神乎三者之机用。是以古之合作，作者之心、力既常深入乎文字之微，而神致复能超出乎言辞之表，而其高致自出。不者，虽有，不能表而出之也。而世之人欲徒以意胜，又或欲以粉饰熏泽胜，慎已。吾如是说，其或可以释王渔洋之所谓神韵，王静安之所谓境界乎？虽然，吾信笔乘兴，姑如是云云耳。吾年来于是之自悟、自肯也，亦已久矣。即与两家所标举之神韵与境界无一毫发合焉，吾之自肯如故也。即举世而不见肯，吾之自肯仍如故也。吾之为此词说也，岂有冀于世之必吾肯也？二三子既有问，吾适有所欲言，聊于此一发之云尔。吾说而无当也，则等于大野之风吹，宇宙空虚，亦何所不容。其当也，又岂须吾说之耶。上智必能自合之；次焉者，研读创作，日将月就，必能自得之。若是者又奚吾说之为耶？下焉者，虽吾说，其有稍济耶？且四十九年，三百余会，一部大藏经，亦何尝非说？而其终也，世尊拈花，以不说说，迦叶微笑，以不闻闻。二三子虽求知心切，欲得顿悟，来相叩击，希冀触磕，吾亦已不能无言，而果能言之耶？言所以达意，而果能达耶？即达矣，二三子之所会，果为吾意耶？嗟夫，初祖西来，教外别传，直指本心。而六祖目不识丁，且谓诸佛妙理，非关文字，顾尚有《坛经》。马祖初而曰即心即佛，继而曰非心非佛；虽其言之简，固亦不能无言也。弟子大梅谓其惑乱人未有了日。宜哉。后来子孙，拈槌竖拂，滚球弄狮，极之而棒，而喝，而打地，而一指，苦矣，苦矣。吾尝推其意，盖皆知其不能言而又不能不有所表现以示来学，所谓不得已也。出家大事，如此纠纷，亦固其所。若夫词说，有何重轻。谓之说《稼轩长短句》可，谓之非只说《稼轩长短句》亦可。谓之为人可，即谓之自为亦可。谓之意专在说可，即谓之意不在说，尤大无不可。漆园老叟，千古达人，而曰呼我为牛者应之，呼我为马者应之。庄子果牛与马耶，即不呼不应，庄子之为牛马自若也。果非牛与马耶，人呼之即应之，庄子之为庄子自若也。嗟嗟，释迦有言：万法唯心。中哲亦言：贪夫殉财，烈士殉名。吾辈俱是凡夫，生于斯世，心固不能不有所系维。苟有以系维吾心，而且得以自乐焉，斯可矣。呼牛与马可应之，而名之与财，又奚以区而别之也耶？至是而吾之自序，亦将毕矣。自吾初着手为此序，未意其冗长如是。而终于如是冗长者，欲稍稍综合《说》中之言，一、欲稍稍补足《说》中之义，二、欲稍稍恢宏《说》中之旨，三也。虽然，冗长至如是，而所谓综合、补足与恢宏也者。吾自读此序一过，仍觉有欲言而未能言与夫言之而未能尽者，则亦不能不止于是矣。《稼轩长短句》自在天壤之间，读之者而好之者，会之者，大有人在，将不待吾之选之、说之、序之也。至于文则一如道。道无不在，而文亦若中原之有菽。学文之士自得之者，亦大有人在，更不需吾之说也。法演禅师谓陈提刑曰：“提刑少年曾读小艳诗否？有两句颇相近：‘频呼小玉元无事，只要檀郎认得声。’”吾姑抄此，以结吾序。

上　卷

贺新郎

赋琵琶

凤尾龙香拨。
自开元、霓裳曲罢，几番风月？
最苦浔阳江头客，画舸亭亭待发。
记出塞、黄云堆雪。
马上离愁三万里，望昭阳宫殿孤鸿没。
弦解语，恨难说。

辽阳驿使音尘绝。
琐窗寒、轻拢慢捻，泪珠盈睫。
推手含情还却手，一抹凉州哀彻。
千古事、云飞烟灭。
贺老定场无消息，想沉香亭北繁华歇。
弹到此，为呜咽。

读辛老子词，且不可徒看他横冲直撞，野战八方。即如此词，看他将上下千古与琵琶有关的公案，颠来倒去，说又重说。难道是几个典故在胸中作怪？须知他自有个道理在。原夫咏物之作，最怕为题所缚，死于句下；必须有一番手段使他活起来。狮子滚绣球，那球满地一个团团转，狮子方好使出通身解数。然而又要能发能收，能擒能纵，方不至不可收拾。稼轩此作，用了许多故实，恰如狮子滚绣球相似，上下，前后，左右，狮不离球，球不离狮，狮子全副精神，注在球子身上。球子通个命脉，却在狮子脚下。古今词人一到用典咏物，有多少人不是弄泥团汉。龙跳虎卧，凤翥鸾翔，几个及得稼轩这老汉来？虽然如是，尚且不是辛老子最后一著。如何是这老子最后一著？试看换头以下曲曲折折，写到“轻拢慢捻”，“推手”“却手”，已是回肠荡气；及至“一抹凉州哀彻”，真是四弦一声如裂帛，又如高渐离易水击筑，字字俱作变徵之声。若是别人，从开端至此，费尽气力，好容易挣得一片家缘，不知要如何爱惜维护，兢兢业业，惟恐失去。然而稼轩却紧钉一句：“千古事云飞烟灭。”这自然不是“曲终人不见，江上数峰青”。但是七宝楼台，一拳粉碎，此是何等手段，何等胸襟。真使读者如分开八片顶阳骨，倾下一瓢冰雪来。又如虬髯客见太原公子，

明　仇英　《人物故事图册之浔阳琵琶图》

值得心死两字也。要会稼轩最后一著么？只这便是。然而若认为是武松景阳冈上打虎的末后一拳，老虎便即气绝身死，动弹不得，却又不可。何以故？武行者虽是一片神威，千斤膂力，却只能打得活虎死去，不会救得死虎活来。辛老子则既有杀人刀，亦有活人剑，所以不但活虎可以打死，亦且死虎可以救活。不信么？不信，试看他“贺老定场无消息，想沉香亭北繁华歇”十五个字，一口气便呵得死虎活转来了也。

念奴娇

重九席上

龙山何处？记当年高会，重阳佳节。
谁与老兵供一笑？落帽参军华发。
莫倚忘怀，西风也解，点检尊前客。
凄凉今古，眼中三两飞蝶。

须信采菊东篱，高情千载，只有陶彭泽。
爱说琴中如得趣，弦上何劳声切？
试把空杯，翁还肯道：何必杯中物？
临风一笑，请翁同醉今夕。

稼轩性情、见解、手段，皆过人一等。苦水如此说，并非要高抬稼轩声价，乃是要指出稼轩悲哀与痛苦底根苗。凡过人之人，不独无人可以共事，而且无人可以共语。以此心头寂寞愈蕴愈深，即成为悲哀与痛苦。发为篇章，或涉愤慨。千万不要认作名士行径、才子习气。彼世之所谓名士才子者，皆是绣花枕，麒麟楦，装腔作势，自抬身分，大言不惭，陆士衡所谓词浮漂而不归者也。即如明远，太白，有时亦未能免此，况其下焉者乎。稼轩即不然，实实有此性情、见解与手段，实实感此寂寞，且又实实抱此痛苦与悲哀，实实怪不得他也。

此词起得不见有甚好，为是重九席上，所以又只好如此起。迤逦写来，到得“谁与老兵供一笑，落帽参军华发”两句，便已透得些子消息。老兵者谁？昔之桓温，今之稼轩也。桓温当年面前尚有一个孟嘉，可供一笑。稼轩此时眼中一个孟嘉也无。往者古，来者今，上是天，下是地，当此秋高气爽，草木摇落之际，登高独立，眇眇余怀，何以为情？所以又有“莫倚忘怀，西风也解，点检尊前客”三句，是嘲是骂，是哭是笑，兼而有之。却又嫌他忒杀锋铓逼人，所以今日被苦水一眼觑破，一口道出。直剑“凄凉今古，眼中三两飞蝶”，写得如此其感喟，而又如彼其含蓄；纳芥子于须弥，而又纳须弥于芥子。直使苦水通身是

眼，也觑不破，遍体排牙，也道不出。英雄心事，诗人手眼，悲天悯人，动心忍性，而出之以蕴藉清淡，若向此等处会得，始不辜负这老汉；若一味向卤莽灭裂处求之，便到驴年也不会也。

稼轩手段既高，心肠又热，一力担当，故多烦恼。英雄本色，争怪得他？陶公是圣贤中人，担荷时则掮起便行，放下时则悬崖撒手。稼轩大段及不得。试看他《满江红》词句，“天远难穷休久望，楼高欲下还重倚”，提不起，放不下，如何及得陶公自在。这及不得处，稼轩甚有自知之明，所以对陶公时时致其高山景行之意。一部长短句，提到陶公处甚多。只看他《水调歌头》词中有云：“我愧渊明久矣，犹借此翁湔洗，素壁写《归来》。”真是满心钦佩，非复寻常赞叹。古今诗人，提起彭泽，哪个又不是极口赞叹，何止老辛一人？然而他

宋　赵令穰　《陶潜赏菊图》

人效陶、和陶，扭捏做作，只缘人品学问，不能相及，用尽伎俩，只成学步，捉襟见肘，百无是处。稼轩作词，语语皆自胸臆流出。深知自家与陶公境界不同，只管赞叹，并不效颦。所以苦水不但肯他赞陶，更肯他不效陶；尤其肯他虽不效陶，却又了解陶公心事。此不止是人各有志，正是各有能与不能，不必缀脚跟、拾牙慧耳。只如此词后片，忽然借了重九一个题目，一把抓住彭泽老子，大开顽笑，不但句句天趣，而且语语尖刻。即起陶公于九原，恐亦将无以自解。且道老辛是肯渊明，不肯渊明？若道不肯，明明说是高情千古。若道肯，却又请他试把空杯。不见道：只因爱之极，不觉遂以爱之者谑之。又道是："故将别语恼佳人，要看梨花枝上雨。"苦水如此说，甚是不敬，只为老辛顽皮，所以致使苦水轻薄。下次定是不敢了也。

沁园春

灵山齐庵赋，时筑偃湖未成

叠嶂西驰，万马回旋，众山欲东。
正惊湍直下，跳珠倒溅，小桥横截，缺月初弓。
老合投闲，天教多事，检校长身十万松。
吾庐小，在龙蛇影外，风雨声中。

争先见面重重。看爽气朝来三数峰。
似谢家子弟，衣冠磊落，相如庭户，车骑雍容。
我觉其间，雄深雅健，如对文章太史公。
新堤路，问偃湖何日，烟水濛濛。

读辛词，一味于豪放求之，固不是；若看作沉着痛快，似矣，仍未是也。要须看他飞针走线，一丝不苟，始为得耳。即如此词，一开端便即气象峥嵘，局势开拓，细按下去，何尝有一笔轶出法度之外？工稳谨严处，便与清真有异曲同工之妙。笑他分豪放、婉约为两途者之多事也。

闲话且置。即如此词，如何是辛老子一丝不苟处，一毫不曾轶出法外处？看他先从山说起，次及泉，及桥，及松树，然后才是吾庐，自远而近，秩秩然，井井然。换头以下，又是从庐中望出去底山容山态。然后说到将来的偃湖。脚下几曾乱却一步。虽然苦水如是说，仍不见得不曾辜负稼轩这老汉。何以故？步骤虽然的确如此，却不是稼轩独擅，即亦不能以此为稼轩绝调。一切作家，谁个笔下又不是有头有尾，有次第，有间架？谁个又许乱说来？他人如是，稼轩亦如是。丈夫自有冲天志，不向如来行处行。且道如何又是稼轩所独擅的绝调。自来作家写山，皆是写他淡远幽静，再则写他突兀峻厉。稼轩此词，开端便以万马喻群山，而且是此万马也者，西驰东旋，踠足郁怒。气势固已不凡，更喜作者羁勒在手，故作驱使如意。真乃倒流三峡，力挽万牛手段。不必说是超绝千古，要且只此一家。但如果认为稼轩要作一

明　仇英　《人物故事图册之高山流水图》

篇翻案文字，打动天下看官眼目，则大错，大错。他胸中原自有此郁勃底境界，所以群山到眼，随手写出，自然如是，实不曾有心要与古人争胜于一字一句之间，又何曾有心要与古人立异？天下看官眼目，又几曾到他心上耶？虽然，是即是，终嫌他太粗生。稼轩似亦意识及此，所以接说珠溅、月弓，是即是，却又嫌他太细生。待到交代过十万松后，换头以下，便写出“磊落”“雍容”“雄深雅健”，有见解，有修养，有胸襟，有学问，真乃掷地有声。后来学者，上焉者硬语盘空，只成乖戾；下焉者使酒骂座，一味叫嚣。相去岂止千里万里，简直天地悬隔。而且此处说是写山固得，说是这老汉夫子自道，又何尝不得。写到此处，苦水几番想要搁笔，未写者不想再写，已写者也思烧去。饶我笔下生花，舌底翻澜，葛藤到海枯石烂，天穷地尽，数十页《稼轩词说》，何曾搔着半点痒处？总不如辛老子自作自赞，所供并皆诣实。读者若于此会去，苦水词说，尽可以不写，亦尽不妨写。若也不然，则此词说定是烧去始得。

满江红

稼轩居士花下与郑使君惜别醉赋。侍者飞卿奉命书

莫折荼蘼，且留取、一分春色。
还记得、青梅如豆，共伊同摘。
少日对花浑醉梦，而今醒眼看风月。
恨牡丹、笑我倚东风，头如雪。

榆荚阵，菖蒲叶。时节换，繁华歇。
算怎禁风雨，怎禁鹈鴂。
老冉冉兮花共柳，是栖栖者蜂和蝶。
也不因、春去有闲愁，因离别。

花下伤离，醉中得句，侍儿代书，此是何等情致。待到一口气将九十许字读罢，有多少人嫌他忒煞质直。杜少陵诗曰：“黄四娘家花满蹊，千朵万朵压枝低。”杨诚斋诗却说：“霜干皴枝臂来大，只著寒花三两个。”若只许他蜀中黄四娘家千朵万朵，不许他绍兴府学门前寒花霜干得么？换头自“榆荚阵”直至“怎禁鹈鴂”，虽非金声玉振，要是斩钉截铁，一步一个脚印，正是辛老子寻常茶饭，随缘生活。及至“老冉冉兮花共柳，是栖栖者蜂和蝶”，多少人赞他前用《离骚》，后用《论语》，真乃运斤成风手段。苦水却不如是说。若谓冉冉出屈子，栖栖出圣经，所以好，试问花共柳、蜂和蝶，又有何出处？上面恁么冠冕堂皇，底下恁么质俚草率，岂非上身纱帽圆领，脚下却著得一双草鞋？须看他“老冉冉兮花共柳”是怎的般风姿？“是栖栖者蜂和蝶”是怎的般情绪？要在者里，体会出一个韵字来，方晓得稼轩何以不求与古人异，而自与古人不同；何以虽与古人不同，却仍然与古人神合。隔岸观火之徒动是说“如教坊雷大使之舞，虽极天下之工，要非本色”。苦水却笑他如何不说，虽非本色，要极天下之工乎？且夫所谓本色者何也？山定是青，水定是绿，天定是高，地定是卑，若是之谓本色欤？大家如此说，我不如此说，便非本色。苟非真切体会，纵如此说了，

清　杨晋　《仿古山水图册之三》

又何异瞎子所云之“诸公所笑，定然不差”？假如真切体会了，便不如此说，亦何尝不是本色？且稼轩如此写，岂非正是稼轩本色乎？若谓只是太粗生，则何不思：无性情之谓粗，没道理之谓粗，稼轩此词，至情至理，粗在甚么处？你道涂粉抹脂，便是细么？揭起那一层涂抹，十足一个黄脸婆子，面疱雀斑，青痣黑疤，累积重叠，细在甚么处？

水龙吟

登建康赏心亭

楚天千里清秋，水随天去秋无际。
遥岑远目，献愁供恨，玉簪螺髻。
落日楼头，断鸿声里，江南游子。
把吴钩看了，阑干拍遍，无人会，登临意。

休说鲈鱼堪脍。尽西风、季鹰归未？
求田问舍，怕应羞见，刘郎才气。
可惜流年，忧愁风雨，树犹如此。
倩何人唤取，红巾翠袖，揾英雄泪？

千古骚人志士，定是登高远望不得。登了望了，总不免泄漏消息，光芒四射。不见阮嗣宗口不臧否人物，一登广武原，便说：“时无英雄，遂使竖子成名。”陈伯玉不乐居职，壮年乞归，亦像煞恬退。一登幽州台，便写出“念天地之悠悠，独怆然而涕下”。况此眼界极高、心肠极热之山东老兵乎哉？

此《水龙吟》一章，各家词选录稼轩词者，都不曾漏去。读者太半喜他“落日楼头”以下七个短句，二十七个字，一气转折，沉郁顿挫，长人意气。但试问此“登临意”究是何意？此意又从何而来？倘若于此含胡下去，则此七句二十七字便成无根之木、无源之水，与彼大言欺世之流，又有何区别？何不向开端两句会去？此正与阮嗣宗登广武原、陈伯玉登幽州台一样气概、一样心胸也。而且“千里清秋”，“水随天去”，浩浩荡荡，苍苍茫茫，一时小我，混合自然，却又抵拄枝梧，格格不入，莫只作开扩心胸看去。李义山诗曰：“花明柳暗绕天愁，上尽层楼更上楼。欲问孤鸿向何处？不知身世自悠悠。”与稼轩此词，虽然花开两朵，正是水出一源。此处参透，下面“意”字自然会得。好笑学语之流，操觚握笔，动即曰无人知，没人晓，只是你自己胸中没分晓。试问有甚底可知可晓？即使有人知得晓得了，又有甚

明 董其昌《九峰寒翠图》

么要紧？偏偏要说无人知，没人晓，真乃痴人说梦也。前片中“遥岑”三句，大是败阙。后片中用张翰事，用刘先主事，用桓温语，意只是说，欲归又归不得，不归亦是空度流年。但总不能浑融无迹。到结尾处“红巾翠袖，揾英雄泪”，更是忒煞作态。若说责备贤者，苦水词说并非《春秋》，若说小德出入，正好放过。

八声甘州

夜读《李广传》不能寐，因念晁楚老杨民瞻约同居山间，戏用李广事，赋以寄之

故将军饮罢夜归来，长亭解雕鞍。
恨灞陵醉尉，匆匆未识，桃李无言。
射虎山横一骑，裂石响惊弦。
落魄封侯事，岁晚田园。

谁向桑麻杜曲？要短衣匹马，移住南山。
看风流慷慨，谈笑过残年。
汉开边、功名万里，甚当时、健者也曾闲？
纱窗外、斜风细雨，一阵轻寒。

《白雨斋词话》曰：“辛稼轩，词中之龙也。”因忽忆及小说一则：一龙堕入塘中，极力腾踔，数尺辄坠，泥涂满身，蝇集鳞甲。凡三日。忽风雨晦冥，霹雳一声，龙便掣空而去云云。苦水读辛词，虽不完全肯《白雨斋词话》，但于此《八声甘州》一章，却不能不联想到小说中所写之堕龙。看他开端二语，夭矫而来，真与一条活龙相似。但逐句读去，便觉此龙渐渐堕落下去。匆匆者何也？或是草草之意耶？匆匆未识，以词论之，殊未见佳。“桃李无言”，虽出《史记·李广传》后之“太史公曰”，用之此处，不独隔，亦近凑。落魄两句便是因地一声堕入泥中。《传》中明说，李广不言家产事，“田园”二字，作何着落？换头云“谁向桑麻杜曲”，是又不事田园也。“短衣匹马”出杜诗，是说看李将军射虎，非说李将军射虎也。“匹马”字与前片“雕鞍”字、“一骑”字重复，是龙在塘中，泥涂满身，蝇集鳞甲时也。“风流慷慨，谈笑过残年”，纵然极力腾踔，仍是不数尺而坠。直至“汉开边”十五个字，方是风雨晦冥，霹雳一声，掣空而去。龙终究是龙，不是泥鳅耳。至“纱窗外，斜风细雨，一阵轻寒”，则是满天云雾，神龙见首不见尾矣。昔者奉先深禅师与明和尚同行脚，到淮河，见人牵网，有鱼从网透出。师曰：“明兄，俊哉！一似个衲僧。”明曰：“虽然如此，争如当初不撞入罗网好？”师曰：“明兄，你欠悟在。”苦水今日，断章取义，采此一节，说此一词，得么？虽然，似即似，是则非是。

元　佚名　《人马图》

汉宫春

立春

春已归来，看美人头上，袅袅春幡。
无端风雨，未肯收尽余寒。
年时燕子，料今宵、梦到西园。
浑未辨，黄柑荐酒，更传青韭堆盘。

却笑东风从此，便熏梅染柳，更没些闲。
闲时又来镜里，转换朱颜。
清愁不断，问何人、会解连环。
生怕见，花开花落，朝来塞雁先还。

苦水于二十年前读此词时，于换头“却笑”直至“连环”六句，悟得健字诀。今日不妨葛藤一番，举似天下看官。看他三十六个字，曲曲折折写来，逐句换意，不叫嚣，不散涣，生处有熟，熟中见生。说他劲气内敛，潜气内转，庶几当之无愧。尤妙在说不断，说连环，此三十六个字，便真有不断与连环之妙。若只见他声东击西，指南打北，而不见他谨严绵密，岂非既负古人，又误自己。苦水于此处有个悟入，决不敢说从此一切珍宝皆归吾有。然而亦颇有一番小小受用。不过今日若遇有人来共苦水商略此词，苦水却要举他前片开端二句。若论“春已归来”，实实不见有甚奇特。但“美人头上袅袅春幡”八字上，加之以“看”，却何等风韵，何等情致。夫美人头上，金步摇，玉搔头，尚矣。又若簪花贴翠，亦其常也。今日何日？忽然于金玉花翠之外，袅袅然而见此春幡焉。春归来乎？诚哉其归来也。况且虽曰立春，而余寒尚烈，花未见其开也，柳未见其青也，又何从得见春之归来乎？今不先不后，近在眼前，突然于美人头上，见此春幡之袅袅然，则一任余寒之尚烈，花之未开，柳之未青，而春固已归来矣。亦何须乎寒之转暖，而梅之薰与柳之染也耶？近代人论文动曰经济，即此便是经济。动曰象征，即此便是象征。动曰立体描写，即此便是立体描写。古人曰“状

清　杨晋　《仿古山水图册之一》

难写之景，如在目前，含不尽之意，见于言外”，亦复即此便是。《四库书目提要》说辛老子词“于剪红刻翠之外，屹然别立一宗”。别立一宗且置，即此岂非剪翠刻红底真本领？一般人又道辛词非本色，即此又岂不是稼轩底惟大英雄能本色也？葛藤半日，只说得“美人头上袅袅春幡”，尚漏去“看”字未说。要会这个“看”字么？但看去即得。

周止庵说：“稼轩由北开南；梦窗由南追北。”开南不见得，要且屹然于南北之外。但“年时燕子”十一字，却是南宋词人气味，思致既深，遂成为隔。集中此等处时时而有。要一一举来，即是起哄，且休去。

祝英台近

晚春

宝钗分，桃叶渡，烟柳暗南浦。
怕上层楼，十日九风雨。
断肠片片飞红，都无人管，更谁劝、啼莺声住。

鬓边觑。
试把花卜归期，才簪又重数。
罗帐灯昏，哽咽梦中语。
是他春带愁来，春归何处，却不解、带将愁去。

有人于此词，特举他结尾三句，说是出自赵德庄《鹊桥仙》，而赵又体之李汉老咏杨花之《洞仙歌》云云。又解之曰："大抵后辈作词，无非前人已道底句，特善能转换耳。"苦水谓此论他人词或者也得，然非所论于稼轩。因为这老汉处处要独出手眼，别开蹊径也。偶而不检，落在古人窠臼里，却是他二时粥饭，杂用心处。学人如何得在此等处认取他？苦水二十年前读此词，于前片取"怕上层楼"九字，于后片亦取此结尾三句。近日看来，俱不见有甚好。一首《祝英台近》，只说得没奈何三个字。说起没奈何来，自韦端己、冯正中，多少词人跳这个圈子不出。稼轩这位山东老兵拈笔填词，表现手段，有时原也推倒智勇。但一腔心绪，有时也便与古人一鼻孔出气，也还是没奈何三字。不过前片"怕上"九字，后尾三句，没奈何尚是是物而非心；尚是贫无立锥，不是连锥也无。既是怕上，不上即得；春既不曾带得愁去，也只索由他。所以者何？权非己操，即责不必自负也。今日看来，倒是"试把花卜归期，才簪又重数"十一个字，是心非物，是连锥也无，真是没奈何到苦瓠连根苦。夫花本所以簪之也，词却曰"才簪又重数"，则其簪之前，固已曾数过矣，已曾卜过归期矣。若使数过卜过而后簪，如今又复摘下重数，则其于花意固不专在于簪也。意不在于簪，故数

清　郎世宁　《仙萼长春图之八》

过方簪，簪过重数。则其重簪之后，谁能必其不三数三簪，四数四簪，且至于若干簪若干数，若干数若干簪耶？内心如此拈掇不下，如此摆布不开，较之风与雨，春与愁，其没奈何固宜有深浅之别矣。六祖曰："非风动，非幡动，仁者心动。"其斯之谓欤？

此章与前《汉宫春》章，有人说俱是讽刺时事。苦水谓如此说亦得。但苦水却决不是如此说。所以者何？譬如伤别之人，见月缺而长吁，睹花落而下泪，其心伤原不专在月之圆缺、花之开落，但机缘触磕，学者又不可放过花月，一味捉住伤别去打死蛇。否则是只参死句不参活句也。杜少陵即使真个"每饭不忘君"，也须是情真见实，方才写得好诗。若情不真，见不实，只按定"每饭不忘君"五字作去，便是村夫子依高头讲章作应举制义，揞黑豆和尚傍文字说禅伎俩。诗法未梦见在。

江神子

宝钗飞凤鬓惊鸾。
望重欢，水云宽。
肠断新来，翠被粉香残。
待得来时春尽也，梅结子，笋成竿。

湘筠帘卷泪痕斑。
珮声闲，玉垂环。
个里温柔，容我老其间。
却笑平生三羽箭，何日去，定天山。

此章是稼轩和韵之作。看他集中此调前一章也是这几个韵脚，明明注出和陈仁和韵，便可证知。步线行针，左右逢源，直似原唱，技术之高，固已绝伦，而性情之真，尤见本色。只如“待得来时”十三个字，又是值得读者身死气绝底句子也。夫所思者而不来，真乃无地可容，此生何为。若所思者而既来，则不只是哑子掘得黄金，而且天下掉下活龙，固宜一切圆满，无不如意矣。稼轩却曰“春尽也，梅结子，笋成竿”焉。是则一错既铸，百身莫赎，直合漫天地，可世界，成一个没量大底没奈何也，如何而使读者不身为之死、气为之绝乎哉？不过不免又有人说是性情语，非学问语。若有人真个以此为问，苦水则答之曰：所谓学问者何也？学问如有别解，则吾不敢知。若是会物我，了生死，明心性之谓，则稼轩此等处虽非学问语，却正是德山棒，临济喝手段。会底自然于棒下、喝下大澈大悟去在。若于棒、喝下死去，虽未得向上关捩子，尚不失为识痛痒。若既不能死，又不肯活，痛痒

元　钱选　《山居图》

亦复不知，正是所谓佛出也救不得，一个山东大兵，又好中底用？若谓苦水于此，是为老辛辩护，即又不然。苦水原不曾说这个便是学问语。但是，千古诗人，说到学问，怕只有彭泽老子一位。李太白、杜少陵，饶他两个“寤寐思服”，有时也还是“求之不得”。争怪得稼轩一人？况且稼轩一说到陶公，便一力顶礼赞美，顶礼得自然是心悦诚服，赞美得也是归根究底，莫只道他没学问好。

后片大意是说住在温柔乡中，便没日去定天山。苦水却不肯他。温柔乡住得住不得，干他定天山何事？若是定得天山底人，住了温柔乡，也不碍去定。如其不然，纵然不住温柔乡，天山依旧定不得。但如此说了，老辛还是不服输。要使他服输，不如说他文采不彰。且道如何是彰底文采？开端“宝钗飞凤鬓惊鸾”是。亦且莫看他凤钗鸾鬓，“飞”字、“惊”字是句中眼。要识取稼轩句法、字法，且不得放过。

破阵子

为陈同甫赋壮词以寄之

醉里挑灯看剑，梦回吹角连营。
八百里分麾下炙，五十弦翻塞外声。
沙场秋点兵。

马作的卢飞快，弓如霹雳弦惊。
了却君王天下事，赢得生前身后名。
可怜白发生！

上一章各家词选太半收录。苦水选时，几番想要割爱，终于保留。比来说词，又几番要剔出，此刻仍然未能放过。有人读此词，嫌他直率，有人却又爱他豪放。是非未判，爱憎分明。苦水于此词，既是一手抬，一手搦，于上二说亦是半肯半不肯。看他自开首“醉里”一句起，一路大刀阔斧，直至后片“赢得”一句止，稼轩以前作家，几见有此。若以传统底词法绳之，似乎不谓之率不可得也。苦水则谓一首词前后片共是十句，前九句真如海上蜃楼突起，若者为城郭，若者为楼阁，若者为塔寺，为庐屋，使见者目不暇给，待到“可怜白发生”，又如大风陡起，巨浪掀天，向之所谓城郭、楼阁、塔寺、庐屋也者，遂俱归幻灭，无影无踪，此又是何等腕力，谓之为率，又不可也。复次，稼轩自题曰“壮词”，而词中亦是金戈铁马，大戟长枪，像煞是豪放。但结尾一句，却曰“可怜白发生”。夫此白发生，是在事之了却、名之赢得之前乎？抑在其后乎？苦水至今尚不能明了老辛意旨所在。如在其前，则所谓金戈铁马大戟长枪也者，仅是贫子梦中所掘得之黄金，既醒之后，四壁仍然空空，其凄凉怅惘将不可堪。如在其后，则虽是二十年太平宰相，勋业烂然，但看看钟鸣漏尽，大限将临，回忆前尘，都成虚幻。饶他踢天弄井本领，无奈他腊月三十日到来，于

明　唐寅　《步溪图》

此施展手脚不得，此又是千古人生悲剧，其哀苦愁凄，亦当不得。谓之豪放，亦是皮相之论也。夫如是，则白发之生于事之了却、名之赢得之前之后，暂可勿论。总而言之，统而言之，稼轩这老汉作此词时，其八识田中总有一段悲哀种子在那里作祟，亦复忒煞可怜人也。其实又岂只此一首？一部《稼轩长短句》，无论是说看花饮酒，或临水登山，无论是慷慨悲歌，或委婉细腻，也总是笼罩于此悲哀的阴影之中。此理甚明，倘无此种子在八识田中作祟，亦无复此一部《长短句》也。不须苦水饶舌，读者自会去好。

抑更有进者，陶公号称千古隐逸诗人之宗，苦水却极肯朱晦翁所下豪放二字批评。又有一好友告我：昔时或逢愁来，不得开交，取陶诗读之，心便宁静。如今愁时读了，愈发摆布不下。此语于我心有戚戚焉。此理亦甚明，如果渊明老子只是一味恬适安闲，亦便不须再写诗也。同例，世人于老辛之为人，动是说他英雄，于其为词，动是说他粗豪，已是知人知面不知心。又有人说他填词是散仙入圣。世之人要且只会他散仙，不会他入圣。如何是入圣底根苗？不得放过，细会去好。倘若会不得，画蛇添足，恰好有个譬喻。玄奘法师在西天时，见一东土扇子而生病。又有一僧闻之，赞叹道：“好一个多情底和尚。”病得好，赞叹得亦是。假如不能为此一扇而病，亦便不能为一藏经发愿上西天也。周止庵曰：“稼轩固是才大，然情至处，后人万不能及。”又曰：“稼轩敛雄心，抗高调，变温婉，成悲凉。”苦水曰：如是，如是。

秦会之有言：“作官如读书，速则易终而少味。”此语甚妙。如引而申之，不独似惜福之语，且亦大似见道之言也。张宗子为其弟燕客作传，亦引会之此语，且病燕客以欲速一念，受卤莽灭裂之报，趣味削然，不堪咀嚼。而结之曰：“孰意吾弟之智，乃出秦桧下哉？”宗子是妙人，固应又有此妙语。这也不在话下。苦水则谓秦桧之此语，不独是做官与读书之名言，如改速为好尽，亦可以之论文。要说辛老子为人，才情学识，原自旷代难逢。其填词亦尽有不朽之作。他原是谥忠敏底人，似乎不好与缪丑公并论。但其填词底技术，有时大不如会之做官底体会。所以老辛有时亦如宗子令弟之趣味削然，不堪咀嚼。于此将不免为缪丑公所窃笑也。大概作文固当应有尽有，亦须应无尽无。稼轩之于词，大段不及晚唐之温、韦，北宋之晏、欧，或者是他只做到应有尽有，而不曾理会得应无尽无之故，亦未可知。好好一部《稼轩长短句》，好好一位辛幼安，今日被苦水拉来，说东话西，且与会之相比，冤枉杀，冤枉杀。圣人有云：“不得中行而与之，必也狂狷乎。”静安先生不亦曰稼轩“词中之狂”乎。学人莫错会苦水意好。况且苦水如今写此词说，尚做不到应有尽有，有甚脸说他辛老子做不到应无尽无。

上卷说毕。续说下卷。

下　卷

感皇恩

读《庄子》闻朱晦庵即世

案上数编书，非《庄》即《老》。
会说忘言始知道。
万言千句，不自能忘，堪笑。
今朝梅雨霁，青天好。

一壑一丘，轻衫短帽。
白发多时故人少。
子云何在？应有《玄经》遗草。
江河流日夜，何时了。

曩与家六吉论诗，六吉主无意，当时余颇不然之。比来觉得无意两字，实有至理。盖诗一有意，非窄即浅，为意有竟故。王静安先生论词，首拈境界，甚为具眼。神韵失之玄，性灵失之疏，境界云者，兼包神韵与性灵，且又引而申之，充乎其类者也。樊志厚为《人间词乙稿》作序，则又专标意境，且离意境为二义。其言曰："古今人词之以意胜者，莫若欧阳公。以境胜者，莫若秦少游。至意、境两浑，则惟太白、后主、正中数人足以当之。"其评静安先生词曰："意、境两忘，物、我一体。"是樊之所谓意境者可知也。六吉之尤意，其即两忘与一体之谓乎？必能如是，乃始合乎静安先生所谓之有境界耳。老辛之词，决不傍人门户，变古则有之，学古则不肯。（集中虽亦有效"花间"，效易安之作，只是兴到之笔，却并非其致力所在。）其令人真觉有"不恨古人吾不见，恨古人不见吾狂"之概，全仗一意字。但有时率直生硬，为世诟病，亦还是被此意字所累。才富情真，一触即发，尽吐为快，其流弊必至于此。如以此攻击稼轩，则何不思求全责备，古今能有几个完人？况且观过知仁，也正不必为老辛回护。苦水写此词说，有时偶尔乘兴，捉他败阙，其本意却在洗出庐山真面，与世人共鉴赏之也。

此《感皇恩》一章，题曰《读庄子闻朱晦庵即世》，明明是个截搭题。

明　仇英　《人物故事图册之子路问津图》

若就文论文，此二事原本不必缠夹。譬如良朋高会，看花饮酒，其间不妨更衣便旋，如写之于文，纪之以诗，便只有看花饮酒，而无更衣便旋也。今也稼轩却故将两件并不调和之事，扭在一起，则其有意可知，则其有意要作非复寻常追悼伤感底文字，亦复可知。再看他开端五句，一把抓住庄子（老子是宾，庄子是主，看题可知），轻轻开一玩笑，遂使这位大师，几乎从宝座上倒头撞下，也只是一个意字底作用。难道稼轩是不肯庄子？决不然，决不然。须知正是极肯他处。试看“今朝梅雨霁，青天好”，真正达到得意忘言境界，真正抉出蒙叟神髓，难道不是极肯他？而且辛老子于此收起平日虎帐谈兵声口。忽然挥起麈尾，善谈名理，令人想起韩蕲王当年骑驴湖上，寻僧山寺风度，果然大英雄非常人也。又有进者，吾人平时，一总是眼罩鱼鳞。心生乱草，遂而捏目生花，扭直作曲。即不然者，亦是许多知解情见，兴妖作怪。今也稼轩于“不自能忘”之下，轻轻将葛藤桩子放倒，放出“今朝梅雨霁，青天好”八个字。古德有言：“此是选佛场，心空及第归。”即此二语岂非即是心空？古德又言：“与桶底脱相似。”即此二语岂非便是桶底脱？仅仅说他意、境两忘，物、我一体，已是屈他，若再作恬适安闲会去，屈杀这老汉了也。待到过片，“一壑一丘，轻衫短帽”，徐徐而来；“白发多时故人少”，渐渐提起；“子云何在，应有《玄经》遗草”，轻轻落题；“江河流日夜，何时了”，微微叹息。辛老子于此，真做到想多情少地步。吾人难道还好说他有性情，没学问？若说虽有《玄经》遗草，而无补于江河日下，是稼轩对道学先生之微辞，若说稼轩既痛道学之无补，同时又悲自身功业之无成，所以一则曰“故人少”，再则曰“江河流”。苦水曰：也得，也得。要如此会，但不可仅如此会。若说此词好虽是好，只是有欠沉痛在。苦水曰：不然，不然。不见当年邓隐峰到沩山后，见沩山来，即作卧势。沩归方丈，师乃发去。少间，沩山问侍者："师叔在否？"曰："已去。"沩曰："去时有甚么语？"曰："无语。"沩曰："莫道无语，其声如雷。"苦水于此，曾下一转语曰：何必如雷？总之，不是无语。如今要会取稼轩此词沉痛处么？向这一段公案细参去好。

青玉案

元夕

东风夜放花千树。

更吹落、星如雨。

宝马雕车香满路。

凤箫声动，玉壶光转，一夜鱼龙舞。

蛾儿雪柳黄金缕。

笑语盈盈暗香去。

众里寻他千百度。

蓦然回首，那人却在，灯火阑珊处。

静安先生《人间词语》曰："古今之成大事业、大学问者，必经过三种之境界。'昨夜西风凋碧树。独上高楼，望尽天涯路。'此第一境也。'衣带渐宽终不悔，为伊消得人憔悴。'此第二境也。'众里寻他千百度。蓦然回首，那人却在，灯火阑珊处。'此第三境也。"此三种境界，若依衲僧参禅工夫论之，则一是发心，二是行脚，三是顿悟。苦水如此说，且道是会不会？是具眼不具眼？若道不会、不具眼，苦水过在什么处？请会底与具眼底人别下一转语。假若苦水是会，是具眼，纵然得到静安先生印可，与上举三段词，又有甚交涉？静安亦曾理会到此，所以又道："遽以此意解释诸词，恐为晏、欧诸公所不许也。"如今苦水亦只好就词论词，另起一番葛藤。一首《青玉案》，题目注明是《元夕》，写鳌山，写烟火，写游人，写歌舞，写月光，写闹蛾儿与雪柳，若是别一个如此写，苦水便直截以热闹许之。但以稼轩之才情、之工力论之，苦水却嫌他热闹不起来。莫道老辛于此江郎才尽好。须知他当此之际，有不能热闹起来的根芽在。要会这根芽，只看他结尾四句便知。夫"众里寻他千百度"，则其此夕之出，只为此事，只为此人，彼鳌山、烟火、游人、歌舞、月光、闹蛾儿与雪柳也者，于其眼中心中也何有？此人而在，此事而成，鳌山等等，有也

清　胡湄《玉堂富贵图》

得，无也得。此事而不成，此人而不在，鳌山等等，只见其刺目伤心而已。热闹云乎哉？鳌山等等，今也亦姑置之，而那人固已明明在灯火阑珊处矣，又将若之何而可？稼轩平时，倾心吐胆与读者相见，此处却戛然而止，留与读者自家会去。吾辈且不可辜负他。夫那人而在灯火阑珊处，是固不入宝马雕车之队，不遂盈盈笑语之群，为复是闹中取静？为复是别有怀抱？为复是孤芳自赏？要之，不同乎流俗，高出乎侪辈，可断言。此亦姑置之。若夫“蓦然回首”，眼光霍地一亮，而于灯火阑珊之处而见那人焉，此时此际，为复是欣慰？为复是酸辛？为复是此心跨跳，几欲冲口而出？不是，不是，再还他一个不是。读者细细体会去好。莫怪苦水不说。倘若体会不出，苍天，苍天！倘若体会得出，不得呵呵大笑，不得点点泪抛，只许于甘苦悲欢之外，酿成心头一点，有同圣胎，须得好好将养，方不辜负辛老子诗眼文心。东坡谓柳仪曹南涧诗，“忧中有乐，乐中有忧”，千古绝调。试移此评以评此词，并持柳诗与此词相较，依然似是而非，嫌他忒煞孤寂，有如住山结茅。杜少陵诗曰“摘花不插鬓，采柏动盈掬，天寒翠袖薄，日暮倚修竹”，似之矣，嫌他忒煞客观。韩翰林诗曰“轻寒着背雨凄凄，九陌无尘未有泥，还是平时旧滋味，漫垂鞭袖过街西”，似之矣，嫌他忒煞寒酸。有一比丘尼得道之后，作得一偈曰“镇日寻春不见春，芒鞋踏遍岭头云。归来笑捻梅花嗅，春在枝头已十分”，最近之矣，嫌他忒煞沾沾自喜。虽然，纵使苦水写得手酸腕痛，说得舌敝唇焦，要不是末后一句。倘遇好事者流问：末后一句如何说，如何写？苦水将不惜口孽，分明说似，谛听，谛听“众里寻他千百度，蓦然回首，那人却在，灯火阑珊处”聻。

结尾尚有不能已于言者，画蛇仍要添足。其一，静安先生虽说是第三境，且不可做第三境会。此与大学问、大事业无干。其二，苦水为行文便利，用此语录体裁，且不可作禅会，此与禅宗没交涉。其三，此是文心中一种最高境界，千古秘密，偶被稼轩捉来，于笔下露出些子端倪，钉住虚空，截断众流。苦水词说只是戏论，堪中底用。学人且自家会去。

临江仙

手捻黄花无意绪，等闲行尽回廊。
卷帘芳桂散余香。
枯荷难睡鸭，疏雨暗池塘。

忆得旧时携手处，如今水远山长。
罗巾浥泪别残妆。
旧欢新梦里，闲处却思量。

一首《临江仙》六十个字，而前片“手捻”，后片“携手”，复“手”字；前片“等闲”，后片“闲处”，复“闲”字；后片“旧时”“旧欢”，复“旧”字；“携手处”“闲处”，复“处”字。稼轩才大如海，其为长调，推波助澜，担山赶日，不曾有竭蹶之象，何独至此小令，遂无腾挪？岂能挟山超海而不能折枝乎？此正是辛老子豁达处，细谨不拘，大行无亏也。

“枯荷难睡鸭，疏雨暗池塘”，纯是晚唐人诗法。出句写得颟顸，对句写得凄凉，“难”字“暗”字，俱是静中一段寂寞心情底体验。学辛者一死向粗处疏处印定去，合将去，何不向这细处密处，一着眼一用心耶？然而苦水如是说，只是借此十字因病下药，一部稼轩长短句，要且不可只在一联两联佳句上会去。老辛岂是与人争胜于一字一句底作家？所以苦水平日又说：与其会佳句，不如会警句。佳句只是表现情景一点小小文字技术，若于此陷溺下去，饶你练到宜僚弄丸，郢人运斤手段，也还是小家子气。若夫警句，则含有静安先生所谓意境者在。警句二字，亦是假名，又不可认定警字，一味向险处怪处会去。即如此《临江仙》一章，与其取此“枯荷”一联，何如细参开端“手捻黄花无意绪，等闲行尽回廊”两句？“无意绪”之上而冠之以“手捻黄花”，“回廊”

明　丘鉴《芙蓉芦雁图轴》

之上而冠之以“等闲行尽”，不独俨然是葩经“爱而不见，搔首踟蹰”气象，而且孤独寂寞之下，绵密醞藉之中，又俨然是灵均思美人、哀众芳底心事。如但震于“枯荷”一联之烹炼，而忽视开端二语之淡雅，殊未见其可。

鹧鸪天

鹅湖归病起作

枕簟溪堂冷欲秋。断云依水晚来收。
红莲相倚浑如醉，白鸟无言定自愁。

书咄咄，且休休。一丘一壑也风流。
不知筋力衰多少，但觉新来懒上楼。

曹公诗曰："老骥伏枥，志在千里；烈士暮年，壮心不已。"真是名句，必如是，始可谓之为慷慨悲歌耳。然而虽曰"志在千里"，无奈仍是"伏枥"。虽曰"壮心不已"，其奈已到"暮年"。千古英雄，成败尚在其次。惟有冉冉老至，便是廉颇能饭，马援据鞍，一总是可怜可悲。倒是稼轩此《鹧鸪天》一章，有些像一个老实头，既本分，又本色，遂令人觉得"志在千里""壮心不已"之为多事也。且道如何是稼轩老实头处？《老学庵笔记》记上官道人之言曰："为国家致太平与长生不死，皆非常人所能。然且当守国使不乱，以待奇才之出；卫生使不夭，以须异人之至。不乱不夭，皆不待异术。惟谨而已。"苦水理会得甚的叫作治天下与长生？今日且权假此一则话头来谈文，且与天下学人共做个商量。大凡为文要有高致，而且此所谓高致，乃自胸襟见解中流出，不假做作，不尚粉饰，亦且无丝毫勉强，有如伯夷柳下惠风度始得。不然，便又是世之才子名士行径，尽是随风飘泊底游魂，依草附木底精灵，其于高致乎何有？但奇才异人，间世而一出，吾人学文固须识好丑，尤不可不知惭愧。是以发愿虽切，着眼虽高，而步武却决不可乱，则谨是已，所谓老实头也。耳之所闻，目之所见，心之所感，虽一草一木，一花一叶，一毫端，一微尘，发而为文，

清　郎世宁　《仙萼长春图之十六》

苟其诚也，自有其不可磨灭者在，又何必定要鞭笞鸾凤，呼吸风雷，始为惊世骇俗底神通乎？依此努力，堆土为山，积水成河，久而久之，自有脱胎换骨白日飞升之日。否亦不失为束身自好之君子。如其不然，躁急者趋于叫嚣，庸弱者流于肤浅；自命为才情，自号为风雅，其俗尤不可耐，则不肯守国使不乱，卫生使不夭之害也。尚何有乎治天下与长生不死也耶？葛藤半日，毕竟于此小词何处见得稼轩之谨、之老实？夫稼轩之人为英雄，志在用世，尽人而知。今也谢事归来，老病侵寻，其为此词，微有叹惋，无大感慨，已自难能。且也不学仙，不学佛。是以既不觅长生不死之药，亦不求解脱生死底禅，只将老年情味，酿作一杯清酒，结成一个橄榄，细细品嚼，吞咽下去。亦常人，非仙佛故；亦英雄，能担荷故。总之，老实到家而已。所以开头二语，尽去渣滓，大露清光。“红莲”一联，更为婉妙。夫“红莲相倚”之“如醉”固已；至若“白鸟”之“无言”，何以知其是愁，且又加之以“定”耶？然而说“定”便决是定也。换头以下三句，不见得好，承上启下，只得如此。待到结尾两句，却实在好。但细按之，此有何好？亦只是不慌不诈，据实报销，又是道道地地老实头也。况《蕙风》曰：“‘不知’二句入词佳，入诗便稍觉未合，词与诗体格不同处，其消息即此可参。”苦水曰：如此没要紧语，说他则甚？假使真个向者里参去，即使会了，又有甚干涉？倒是《白雨斋词话》说他“信笔写去，格调自苍劲，意味自深厚，不必剑拔弩张，洞穿已过七札”，有些儿道着也。

鹊桥仙

己酉山行书所见

松冈避暑，茅檐避雨，闲去闲来几度。
醉扶怪石看飞泉，又却是、前回醒处。

东家娶妇，西家归女，灯火门前笑语。
酿成千顷稻花香，夜夜费、一天风露。

周止庵曰："苏辛并称，苏之自在处，辛偶能到；辛之当行处，苏必不能到。"知言哉，知言哉。稼轩性情、思致、才力，俱过人一等，故其发之于词也，或透穿七札，或光芒四照，而浑融圆润，或隔一尘，故宜其多当行而少自在。即如此《鹊桥仙》一章，岂非可谓为作之自在者，然而细按下去，便觉得仍是当行有余，自在不足。夫"松冈""茅檐"，"避暑""避雨"，旧时数曾"闲去闲来"，岂非自在？然而"醉扶怪石看飞泉"，只缘"怪"字"飞"字，芒角炯炯，遂使"扶"字"看"字，亦未免着迹露象。至"又却是、前回醒处"，草草看去，亦只是寻常回忆，但"又却是"三个极平常字，使人读之，又觉得有如少陵所谓"万牛回首丘山重"。如此小景，如此琐事，如此写去，狮子搏象用全力，搏兔亦用全力，如是，如是。至于"东家娶妇，西家归女"，本是山村中极热闹场面，"灯火门前笑语"，短短一句，轻轻托出，而情景宛然，岂非自在？但"酿成千顷稻花香，夜夜费、一天风露"两句，虽极力藏锋，譬之颜平原书小字《麻姑仙坛记》，浑厚之中，依然露出作大字时握拳透爪意度。所以稼轩此处用"酿成"、用"费"、用"千顷"、用"一天"，仍是当行而非自在。要其功力情致，能以自举其坚，世之人遂有只以自在目之者耳。若以恬适视之，

明　仇英　《人物故事图册之捉柳花图》

则去之益远。所以者何？稼轩这老汉有时虽能利用闲，却一生不会闲。但如要说他不会，不如说他不肯会。这老汉如何肯在无事田里坐地乎？苦水平时读山谷诗，最不喜他“看人获稻午风凉”一句。觉得者位大诗人不独如世所谓严酷少恩，而且几乎全无心肝。获稻一事，头上日晒，脚下泥浸，何等辛苦？“午风凉”三字，如何下得？可见他是看人，假使亲手获稻，还肯如此写、如此说么？苦水时时疑着天下之所谓恬适者，皆此之类。试看陶公“种豆南山下”一章诗，是怎底一个意态胸襟？便知苦水说山谷全无心肝之并非深文周内也。闲话休提，如今且说稼轩此二语所以并非恬适，不是自在底缘故。夫“娶妇”“归女”，“灯火”“笑语”，像煞一个太平景象矣。然而要“千顷稻花香”，也须是费他夜夜“一天风露”始得。不见六一《丰乐亭记》道：“幸生无事之时也。”若是常人，幸生便了，稼轩则非常人也，自然胸中别有一番经纶，教他从何处自在起？从何处闲起？从何处恬适起？然则辛词只做到个当行即得，不自在也罢。

鹊桥仙

赠鹭鸶

溪边白鹭，来吾告汝：溪里鱼儿堪数。
主人怜汝汝怜鱼，要物我、欣然一处。

白沙远浦，青泥别渚，剩有虾跳鳅舞。
听君飞去饱时来，看头上、风吹一缕。

词中有所谓俳体者，颇为学人诟病。苦水却不然。窃以为俳体除尖酸刻薄、科诨打趣及无理取闹者外，皆真正独抒性灵之作也。以其人情味独重故。词之初兴，作者本无以正统文学自居之观念，且亦无取诗而代之之野心。俳体虽不为士大夫所尚，而亦不为士大夫所鄙弃，间有所作，其高者真有当于温柔敦厚之旨。如只以清新活泼目之，尚是皮相之论也。自白石、梦窗而后，一力趋于清真雅正，吾亦不识其所谓清真雅正，果到如何程度？要之学力日深，天机日浅，而吾之所谓俳体者，乃遂窒息以死于士大夫之笔下矣。是真令人不胜其惋惜之至者也。即如稼轩此词，忽然对着鹭鸶大开谈判，大发议论，岂不即是俳体？然而何其温柔敦厚也。是盖不独为俳体词之正宗，即谓为一切词皆应如此作，一切诗文皆应如此作，即作人亦应如此作，亦何不可之有？开端二语，莫单单认作近代修辞学中之拟人格，情真意挚，此正是静安先生所谓之“与花鸟共忧乐”，亦即稼轩词中所谓之“山鸟山花好弟兄”也。“溪里鱼儿堪数”，写得可怜，便有向白鹭告饶之意。至“主人怜汝汝怜鱼，要物我欣然一处”，辛老子胸襟见解，一齐倾倒而出，不须苦水饶舌。然白鹭生性，以鱼为养，如今靳其食鱼，岂非绝其生路？主人怜鱼，固已。若使鹭也怜鱼，则怜鹭之谓何也？

明 仇英 《莲溪渔隐图》

是以过片又听其飞去沙浦泥渚，尽饱虾鳅，且嘱其饱食重来，何以故？怜之也。此等俳体，是何等学问，民胞物与，较之谈风月，说仁义，是同是别？不此之会，而徒以游戏视之，错下一转语，五百世堕野狐身，更不须说，吃棒有分。或有人问：审如辛言，为主人，为鹭，为鱼计已三得。奈虾鳅何？不见当年世尊在室罗筏城祇园精舍，为大众演说戒杀，亦令比丘食五净肉。且曰："为婆罗门地多蒸湿，加以沙石，草莱不生。我以大悲神力所加，因大慈悲，假名为肉，汝得其味。"如今辛老告彼白鹭，听饱虾鳅，亦同此义。然如此说，是出世法。如依世法，则彼虾鳅，只堪鹭食。譬如莳花，必芟恶草，佳花始茂。倘若怜草，如何怜花？倘若怜花，无须怜草。鹭饱虾鳅，其义犹是。颇有人问：葛藤至是，有剩义无？苦水应曰：今我所说，至是为止，皆是剩义，非第一义。如何方是其第一义？俟于下节，续起葛藤。

夫苦水之说此词也，先从论俳词入手，此自是论俳词，何干于稼轩之此词？继之又论稼轩之见解，有如说教，何干于稼轩之此词？若此词之所以为词，其第一义，其画龙点睛处，则结尾之"听君飞去饱时来，看头上风吹一缕"是已。昔支道林爱马。或病道人畜马不韵。支曰："道人爱其神骏。"妙哉此言，必如是乃可以超凡入圣，可以解脱生死，可以升天成佛。世之学佛学道者动曰：我心如槁木死灰。信斯言也，则槁木死灰之悟道成佛也久矣。有是理也哉？明乎此，则白鹭头上之一缕风吹，虽非神骏，然一何俊耶？明乎此，则主人怜汝之怜为非阿私也。明乎此，则作文须有高致者，又岂特思过半而已哉？吾之所谓第一义者，于是乎在。盖必有是，乃可成为词，无前此之"物我欣然"，无害也。苟其无是，则不成其为词，虽有前此之"物我欣然"，干巴巴地说道谈理，不几于学佛学道者之心如槁木死灰乎哉？以是而曰：民之吾胞，物之吾与。其孰能信之？于是苦水说此词第一义竟。

忆苦水幼时曾闻先君子举一首打油诗，亦是咏鹭鸶者，曰："好个鹭鸶儿，毛羽甚皎洁。青天无片云，飞下一团雪。"试以此无名氏之打油诗，较诸辛稼轩之《鹊桥仙》词，学人将无不笑苦水为刻画无盐，唐突西子。然而请勿笑也。往古来今所有咏物诗，不类如此打油诗之刻舟求剑，以致于木雕泥塑者几何哉！

西江月

夜行黄沙道中

明月别枝惊鹊，清风半夜鸣蝉。
稻花香里说丰年，听取蛙声一片。

七八个星天外，两三点雨山前。
旧时茅店社林边，路转溪桥忽见。

作诗词而说明月，滥矣。明月惊鹊，用曹公“月明星稀，乌鹊南飞”句，亦是尽人皆知之事，不见有甚奇特。但曰“明月别枝惊鹊”，则簇簇新底稼轩词法也。作诗词而曰清风，滥矣。清风鸣蝉，则王辋川诗固已云“倚杖柴门外，临风听暮蝉”矣，亦不见有甚生色。但曰“清风半夜鸣蝉”，则簇簇新底稼轩词法也。而此尚非稼轩之绝致也。至“稻花香里说丰年，听取蛙声一片”，则苦水虽曰古今词人惟有稼轩能道，亦不为过。鼻之于香也，耳之于声也，那个诗人笔下不写？今也稼轩则曰“稻花香”，曰“蛙声”。稻花亦花，而与诗词中常见之花异矣。至于蛙声，则固已有人当作一部鼓吹，或曰“青草池塘处处蛙”矣。而皆非所论于稼轩也。所以者何？彼数少，此数多；彼声寡，此声众故。即曰不尔，而彼虽曰一部，曰处处，其意旨固在于清幽寂静。今也稼轩于漫漫无际静夜之下，漠漠无垠稻田之中，而曰“听取蛙声一片”，其意旨则在于热闹喧嚣，而不在于清幽寂静也。若是则此所谓蛙声与他人所谓蛙声也者，又异已。夫稼轩于此，其意果只在于写阵阵稻花香之扑鼻，阵阵鸣蛙声之聒耳乎哉？果只如是，不碍词之为佳词，果只如是，则稼轩之所以为稼轩者何在？稼轩之词，固以意胜。以意胜，则不能无所谓。此稻花香中蛙声一片，固与

明 吕纪 《四季花鸟图之春》

《鹊桥仙》中之“千顷稻花”“一天风露”同其旨趣。然彼曰“酿成”，此曰“丰年”。彼为因，为辛苦；此为果，为享受。“稻花香里说丰年，听取蛙声一片”，真乃鼓腹讴歌，且忘帝力于何有，千秋之盛事，而众生之大乐也。而稼轩之所以为稼轩者乃于是乎在。尚何须说“别枝惊鹊”“半夜鸣蝉”之簇簇新，与夫稻花、鸣蛙之于鼻根、耳根，异乎其他诗人词人所染之香尘、声尘也耶？复次，过片“七八个星天外，两三点雨山前”一联，粗枝大叶，别具风流。元遗山《论诗绝句》，盛称退之《山石》句之有异于女郎诗。持以较此，觉韩吏部虽然硬语盘空，而饰容作态，尚逊其本色与自然。此种意境，此种句法，入之小词，一似太古遗民，深山老农，布袄毡笠，索带芒屌，闯入措大堂上、歌舞场中，举止生硬，格格不入，而真挚之气，古朴之容，有使若辈不敢哂笑者在。又如闭关老僧，千峰结茅，破衲遮身，嘴与瓶钵，一齐挂壁，使口里水漉漉地谈心说性之堂头大和尚见之，亦似蚊子上铁牛，全无下嘴处。如谓此非词家正宗，何不一读杜少陵之七言绝句？如谓工部七绝亦不见怎的，亦非诗家正宗，则苦水亦只有自恨虽不能如云门老汉一棒将世尊打煞与狗子吃，也将老杜活埋却了，图得个天下太平也。如今莫惹闲气，且说此词末尾之“旧时茅店社林边，路转溪桥忽见”。学人且不可说辛老子至此理屈词穷，貂不足，将狗尾续也。试思旅途深夜，人困马乏，突然溪桥路转，林边店在，则今宵之茶香饭饱，洗脚上床，便有着落，此是何等乐事？盖一首小词，五十个字，无不是写一乐字。这老汉先天下忧，后天下乐，词中写没奈何处，比比皆是。若夫乐则固未有乐于是篇者矣。或曰：苦水何以便知稼轩今夜定歇此店？情知有此问。不见“茅店”二字之上，明明冠以“旧时”

乎？浮屠尚不三宿桑下，况辛老性情过重，感觉极敏，夜行之际，而见此旧时之茅店焉，则眷念往日于此曾有一碗粗茶、三杯淡酒之因缘，今夕纵不宿此，中心亦安能恝然而已乎？

清平乐

书王德由主簿扇

溪回沙浅，红杏都开遍。
鸂鶒不知春水暖，犹傍垂杨春岸。

片帆千里轻船，行人想见欹眠。
谁似先生高举，一行白鹭青天。

渔洋论诗，力主神韵。静安先生独标境界，且以为较神韵为探其本。苦水则谓境界可以包神韵，而神韵者，不过境界之一种，但不可曰境界即神韵，譬之马为畜，而畜非马也。苦水于古大家之诗，不喜渔洋。二十年来，并渔洋所主之神韵，遂亦唾弃之。近年始觉渔洋之诗，诚不足以言神韵，而渔洋对神韵之认识，亦只在半途，故不独其身后无多沾溉，即其生前，门前亦寂若寒灰。然论中国诗，神韵一名，终为可取而不可废。盖神者何？不灭是。韵者何？无尽是。中国之诗，实实有此境界，如渊明之“采菊东篱下，悠然见南山”，韦苏州之“落叶满空山，何处寻行迹”，孟襄阳之“微云淡河汉，疏雨滴梧桐”，谓之玄妙，谓之神秘，谓之禅寂，举不如神韵二字之得体。此说甚长，且俟他日有机缘时，另细详之，今姑舍是。

苦水平日为学人说词，常谓词富于情致，而乏于神韵。神韵长，情致短。是以每论词未尝不引以为憾。今得辛老子此小令一章，吾憾或可以稍释乎？题中注明是书王主簿扇，恐是席上匆匆送王罢官归去之作。前片写景，皆泛语、浅语，然过片“片帆千里轻船，行人想见欹眠”，情致已自可念；至“谁似先生高举，一行白鹭青天”，高情远致，不厉不佻，脱俗尘，透世网，说高举便真是高举。笑他山谷老

元　盛懋　《秋江待渡图》

人“江南春水碧于天，中有白鸥闲似我”之未免拖泥带水行也。夫“一行白鹭”之用杜诗，其孰不知之？但若以气象论，那一首七言四句排万古而吞六合，须还他少陵老子始得。若说化板为活，者位山东老兵，虽不能谓为点铁成金，要是胸具锤炉，当仁不让。“一行白鹭青天”，删去“上”字，莫道是削足适履好。着一“上”字，多少着迹吃力。今删一“上”字，便觉万里青天，有此一行白鹭，不揞拄，不抵牾，浑然而灵，寂然而动，是一非一，是二非二。莫更寻行数墨，说他词中上句“高举”两字，便替却“上”字也。盖辛词中情致之高妙，无加于此词者。如是而词中之情致，可以敌诗中之神韵，而苦水之夙憾，亦可以稍释矣。记得十五年前，苦水尚在行脚，同参有纯兄者，为说默师当年上堂，曾拈此二语示弟子辈。可惜苦水尔时未得列席，未审老师如何举扬。今姑臆说如上，留待异日求师印可。

南歌子

山中夜坐

世事从头减，秋怀彻底清。
夜深犹送枕边声。试问清溪，底事未能平。

月到愁边白，鸡先远处鸣。
是中无有利和名。因甚山前，未晓有人行。

者老汉真是可笑。如此小词，也要复“底”字、复“事”字、复“清”字、复“边”字、复“未”字、复“有”字。更可笑是苦水二十余年前读稼轩此词，一见便即成诵，直到如今，时时掂掇，还是此刻手写一过，才觉察出。若说苦水于辛老子是相赏于牝牡骊黄之外，苦水不免惭惶。若说辛老子胆大心粗，更是罪过。何以故？大体还他肌肤好，不擦红粉也风流。

苦水平日披读诗文，辄复致疑：如是云云者，果生于其心，而绝非抄袭与模拟耶？果为由衷之言，而无少粉饰与夸张耶？读“三百篇”、《离骚》《古诗十九首》与《陶渊明集》，无此疑矣。最后则读稼轩之长短句亦然。苦水非谓辛词即等于“三百篇”、《离骚》、“十九首”与“陶集”也。要之，无疑则同然耳。即如此词，稼轩曰“世事从头减”，苦水即谓其“从头减”。曰“秋怀彻底清”，苦水即信其“彻底清”。此不几于武断盲从乎哉？曰：不然，苟稼轩而非“世事从头减，秋怀彻底清”也，则过片“月到愁边白，鸡先远处鸣”，何为其然而奔赴于辛老子之笔下耶？世之人填胸满腹，万斛俗尘，妄念狂想，前灭后生，即置身于玉阙蟾宫，亦不觉月之为白。今稼轩则曰“月到愁边白”。此所谓愁，岂棼如乱丝之焦心苦虑哉？静极生愁，静之极也。曹子桓曰：

“乐往哀来，怆然伤怀。”所谓哀，亦即所谓愁，岂李陵所云“晨坐听之不觉泪下”之哀哉？鲁迅先生曰：“静到听出静底声音来。”当此之际，“世事从头减”之诗人，未有不愁者也。于是乃益感于白月之白也。六一词曰：“寂寞起来褰绣幌，月明正在梨花上。”寂寞者何？愁也。月上梨花者何？白也。若夫“鸡先远处鸣”者，抑又何也？老杜诗曰：“遮莫邻鸡下五更。”曰邻，则近也。世之人而有耳，而不聋，而五更头不盹睡如死汉者，固莫不闻近处之鸡鸣矣，至于远处鸡声之先鸣，则固非“世事从头减，秋怀彻底清”之大诗人不能自之也。且

山中静夜，独生无眠，而远处鸡声，忽首先破空穿月而至，已复沉寂于灏气清露之中，一何其杳冥也？一何其寥廓也？而且愈益增加世事之减、秋怀之清矣。夫如是，将不独苦水无疑于辛老子之“世事从头减，秋怀彻底清”，盖举天下之人，殆无一而不信之者也。

至于前片之后二语，与后片之后二语，不知何以稼轩于事减、怀清之际，乃忍于出此。是殆举“世事”十字“月到”，十字所缔造之境界、酿成之空气，尽摧拉之而无余也。虽然，稼轩之所以为稼轩，亦可于此消息之。观过知仁，苦水前已数言之矣。

宋　许道宁　《渔舟唱晚图》

生查子

题京口郡治尘表亭

悠悠万世功，矻矻当年苦。
鱼自入深渊，人自居平土。

红日又西沉，白浪长东去。
不是望金山，我自思量禹。

悠悠之功，矻矻之苦，何也？鱼之入渊，人之居陆，是已。盖水之行地中，民之不昏垫者，于兹三千有余岁矣。翳何人，何人，何人？则禹是已。稼轩有用世之才之心，故登京口郡治之尘表亭，见西沉红日之冉冉，东去白浪之滔滔，遂不禁发思古之幽情，叹禹乎？自伤也。

具眼学人，且道一首小词，苦水如此拈举，为是会不会？为是孤负不孤负这作者？不须学人肯苦水，苦水早已先自肯了也。所以者何？词意自明，稍一沉吟，便已分晓，自无错会。虽然错即不错，虽然孤负即不孤负，而苦水拈举此首之旨，却不在乎此。苟审如吾前此之所言，此词固又以意胜，即使力透纸背，不几于有韵之散文乎？词之所以为词者安在？苟审如吾前此之所言，则前片四句与后片结尾二句之间，楔入“红日又西沉，白浪长东去”十个大字，又奚以为也？如曰：登高望远，对此茫茫，百感交集，而举头又见依依之落日，滚滚之江涛，吊古悲今，益觉无以为怀，有此二语，便觉阮嗣宗之登广武原尚逊其雄浑，陈伯玉之登幽州台尚逊其悍鸷也。如是说，最为近之。然则脚跟仍未点地在。具眼学人又何不于“又”字“长”字会去？“又”者何？一日一回也。“长”者何？不舍昼夜也。传神阿堵，颊上三毫，尚不足以喻之。稼轩真词家大手笔也。夫必如是说，此词乃可成为词，

清　吴历　《仿北苑秋山亭子图》

而不同乎有韵之散文。然而稼轩作词，虽句有句法，字有字法，而这老汉又岂与人较量于字法、句法者哉。然则是又不可如此会也。自会去好。苦水说不得。

于是苦水说稼轩词竟。

东坡词说

词　目

附录词目

前　言

吾自学词，即不喜东坡乐府。众口所称《念奴娇》“大江东去”一章，亦悠忽视之，无论其他作。旧在城西校中，偶当讲述苏词，一日上堂，取《永遇乐》“明月如霜”一首，为学人拈举，敷衍发挥，听者动容，尔后渐觉东坡居士真有不可及处，向来有些孤负却他了也。今年夏秋之交，说稼轩词既竟，无所事事，更以读词遣日。初无说苏词之意，案头适有龙榆生笺注本，因理一过，乃能分疏坡词何处为佳妙，何处为败阙，遂选而说之。吾之说辛，其意见则几多年来久蕴于胸中，不过至是以文字表而出之耳。兹之说苏，则大半三五日中之触磕。如谓说辛为渐修，则说苏其顿悟欤？二三子得吾之说而读之者，宜先依词目，尽读其词，每一首，首宜速读，以遇其机，次则细读，以求其意，最末，掩卷思之，以会其神，必有好有不好，有解有不解，然概念既得，好者解者无论矣，若其不好者亦勿弃置，不解者更不必穿凿，然后取吾之说，仍先阅原词一过，略一沉吟，意若曰：彼苦水将奚以说耶？于是乃逐字逐句读吾之说，以相与印证焉。如是读者为得之。不然者，一得是编，流水看毕，是则不独孤负东坡，亦且孤负苦水，孤负学人自己矣。又凡为学之事，不可随人脚跟，亦不可先有成见。如读吾说则遂谓其铁案如山，苦水并不欢喜，只有叫屈。诚如是，苦水将置学人于何地，学人又将何以自处乎？如读吾说而乃谓其信口开河，苦水虽不烦恼，却亦不甘。审如是，学人将置苦水于何地，而苦水又将何以自处乎？苦水虽无马祖振威一喝，百丈直得三日耳聋底本领，学人也须如同临济参了大愚，重归黄檗之后，须向黄檗随声便掌方得也。非然者，大家钝置，何日是了期耶？吾之说词，虽似说理，意只在文。学人首须去会，不可徒事求解，解得许多张长李短，不会得古人文心，有甚干涉？如有所会，且莫须问苦水肯不肯，须知苦水首先要问学人肯去会不肯去会也。学人亦须自悟自证。即如苦水说词，一无可取，何必睬他？若有可取，又是哪个先生教底也？至于说词之外，时复拈举一两则公案，一两个话头，与学人商量，学人又须会得苦水苦心，勿作节外生枝看也。虽然，吾上所云云，为二三子从余游者言之耳。若是明眼大师，辣手作家，吾文现在，赃证俱全，一任横读竖看，薄批细抹，印可棒喝，苦水无不欢喜承当。

卅二年仲秋苦水识

永遇乐

徐州夜梦觉北登燕子楼作

明月如霜，好风如水，清景无限。
曲港跳鱼，圆荷泻露，寂寞无人见。
紞如三鼓，铿然一叶，黯黯梦云惊断。
夜茫茫、重寻无处，觉来小园行遍。

天涯倦客，山中归路，望断故园心眼。
燕子楼空，佳人何在，空锁楼中燕。
古今如梦，何曾梦觉，但有旧欢新怨。
异时对、黄楼夜景，为余浩叹。

坡仙写景，真是高手，后来几乎无人能及。即如此词之“明月”八字、“曲港”八字、“纨如”十四字，写来如不费力，真乃情景兼到，句意两得。但细按下去，亦自有浅深层次，非复随手堆砌。“明月”“好风”“如霜”“如水”，泛泛言之而已；“曲港”“圆荷”“跳鱼”“泻露”，则加细矣。曲港之鱼，人不静不跳；圆荷之露，夜不深不泻。虽是眼前之景，不是慧眼却不能见，不是高手却不能写。更无论钝觉与粗心也。至于“纨如三鼓，铿然一叶”，明明是“如”，明明是“铿然”，明明是有声，却又漠漠焉，叆叆焉，如轻云，如微霭，分明于数点声中看出一片色来。要说只此八字，亦还不能至此境地。全亏他下面“黯黯梦云惊断”一句接联得好，“黯黯”字、“梦云”字、“断”字，无一不是与前八字水乳交融，沆瀣一气，岂只是相得益彰而已哉？至于“惊”字阴平，刚中有柔，故虽含动意，而与前八字仍是相反而又相成。读去，听去，甚至手按下去，无处不锋芒俱收，圭角尽去。好笑世人狃于晁以道“天风海雨逼人”之说，遂漫以豪放目之，动与辛幼安相提并论，可见于此等处不曾理会得半丝毫也。者个且置。譬如苦水如此说，颇得坡老词意不？若说不，万事全休，只当苦水未曾说。坡词俱在，苦水之说，亦何尝损其一毫一发？

清　杨晋　《仿古山水图册之七》

若说得，难道老坡当年填词时，即如苦水之所说枝枝节节而为之耶？决不，决不。只缘作者生来秉赋，平时修养，性情气韵中有此一番境界，所以此时此际，机缘触磕，心手凑泊，适然来到笔下，成此妙文。若不如此，又是弄泥团汉也。所以苦水平日为学人说文，尝道：苦水今日如此说，正是个说时迟；古人当日如彼写，正是个那时快。当其下笔，兔起鹘落，故其成篇，天衣无缝。若是会底，到眼便知，次焉者，上口自得，又其次者，听会底人读过，入耳即通。若不如此，纵使苦水老婆心切，说得掰瓜露子，饶他听苦水说时，直喜得眉开眼笑，又将苦水所说，记得滚瓜烂熟，依旧是"君向潇湘我向秦"。闲话揭开，如今且说坡仙此词，开端"如霜""如水"，两个"如"字，不免着迹。"跳鱼""泻露"，"跳"字、"泻"字又不免着力。总不如"统如"十四个字浑融圆润。"清景无限"，"寂寞无人见"，苦水早年总疑是坡老败阙。以为若作者觉得不如此写不足兴，便是作者见短。若读者觉得不如此写不明了，便是读者低能。总之，此等处于人于己两无好处。于今却不如此想，何以故？且待说了"夜茫茫，重寻无处"二句再说。"寻"字承上"梦云"而言。此时人尚未清醒，亦并未起床，只是在半醒半睡中寻绎断梦。所以下句方是"觉来小园行遍"也。说到者里，再回头追溯开端"明月"直至"无人见"六句二十五个字所写之景，不独是觉来行遍之所见，而且是觉了行了见了之后，方才悟得适间睡里梦里，外面小园中月之如霜，风之如水，与夫鱼之跳，露之泻，早已好些时候了也。嗟嗟，人自睡里梦里，月自如霜，风自如水，鱼亦自跳，露亦自泻。人生斯世，无边苦海，无限业识，将幻作真，认贼为子，且不须说高不可攀处、远不可及处，只此眼前身畔，有多少好处，交臂失之，不得享受，真乃志士之大痛也。然则“清景无限”“寂寞无人见”两句，写来一何其感喟，而又一何其蕴藉，谓之败阙，如之何则可？苦水当年失却一只眼，今日须向他坡老至心忏悔始得也。如问“梦云”之“梦”，果何所指？苦水则谓：梦只是梦而已，不必指其名以实之，或任指一名以实之亦无不可。但决不是梦关盼盼。静安先生诗曰：“不堪宵梦续尘劳。”苦水则说，宵梦更非别有，只是尘劳。坡老此处，亦是此意。所以苦水于此词录题时，拟删去“登燕子楼”四字。词中并无“登”意也。然则只是“夜梦觉”便得，何必又标“徐州”？苦水盖以为若无此二字，词中之“燕子楼空”，则又忒杀突如其来矣。有一本题作“夜宿燕子楼，梦盼盼，因作此词”。郑大鹤诃之曰居士断不作痴人说梦之题，是已。然郑又取王案说，谓是梦登燕子楼，翌日往寻其地作。此又是刻舟求剑了也。学人将疑不知苦水见个什么，便说得如此斩钉截铁。不知只是学人不肯细心参求，并非苦水无事生非。试看老坡此词过片，曲曲折折写来，只道得个人生之痛，半点也无儿女之情，已是自家据实自首，不须苦水再为问案追赃。“天涯”三句，叹息人生无蒂，不如落叶犹得归根。“燕子”三句，说得不拘遗臭流芳，凡是前人生涯，只不过后人话靶。“古今”三句更是说他苦海众生，业识茫茫，无本可据。结尾则是由燕子楼联想到黄楼，后人千载而下，见燕子楼，便想到盼盼，而不禁感慨系之。黄楼是老苏所创，后人亦将见之而想到东坡，系之感慨，辗转流传，何时是了？正所谓后人复哀后人也。如此写来，尽宇宙，彻今古，号称万物之灵底人也者，更无一个不是在大梦之中，更无觉醒之期。然后愈觉睡里梦里，而月如霜、风如水、鱼之跳、露之泻为可悲可痛也。夫如是，与登燕子楼，梦关盼盼，有甚干系？具眼学人且道：坡仙作此词时，梦醒也未？莫是仍在梦里么？若然，则苦水更是梦中说梦也。于古有言：啼得血流无用处，不如缄口度残春。

洞仙歌

余七岁时，见眉山老尼，姓朱，忘其名，年九十岁。自言尝随其师入蜀主孟昶宫中。一日大热，蜀主与花蕊夫人夜纳凉摩诃池上，作一词。朱具能记之。今四十年，朱已死久矣，人无知此词者。但记其首二句，暇日寻味，岂《洞仙歌令》乎？乃为足之云。

冰肌玉骨，自清凉无汗。
水殿风来暗香满。
绣帘开、一点明月窥人，人未寝，攲枕钗横鬓乱。

起来携素手，庭户无声，时见疏星渡河汉。
试问夜如何，夜已三更，金波淡、玉绳低转。
但屈指、西风几时来，又不道流年，暗中偷换。

论词者每以苏、辛并举，或尚无不可。且不得看作一路。如以写情论，刻意铭心，老坡实大逊稼轩。然辛之写景，往往芒角尽出。神游意得，须还他苏长公始得。固缘天性各别，亦是环境不同。即如此《洞仙歌》一首，真乃坡老自在之作。饶他辛老子盖世英雄，具有拔山扛鼎之力，于此也还是出手不得。“冰肌玉骨，自清凉无汗”，真乃绝世佳人。刘彦和曰：“粉黛所以饰容，而倩盼生于淑姿。”“淑姿”便了，“倩盼”作么？唐人诗曰：“却嫌脂粉污颜色，淡扫蛾眉朝至尊。”“蛾眉”自好，“淡扫”则甚？总不如此二语之淡雅自然。“冰”“玉”二字，不见怎的，“清凉”恰好，尤妙在“自”。自来诗家之写佳人、写面貌、写眉宇、写腰肢、写神气，却轻易不敢写肉。写了，一不小心，往往俗得不可收拾。此二语却竟写肉。岂只雅而不俗，简直是清而有韵。写至此，倘若有人大喝：住，住！苦水错了也！者个是蜀主底，不是老坡底。苦水则亦还他一喝：管甚你底我底，文章天地之公，大家有分。老坡尚说一部陶诗是他所作，一句两句，分甚彼此？若说作之不易，但鉴赏亦难。老坡能鉴赏及此，亦自非凡，更不须说他自首减等也。者个揭开去。下面“水殿风来暗香满”，总该是东坡自作。既曰今日大热，且道风来是热是凉？水殿外想来有荷，且道暗香是人是花？若分疏得下，许你检举苏胡子。若分疏不下，还是大家葫芦提好。自家屋里事，尚且无计划。舍己耘人，陈米糟糠，替他古人算什么闲账？过片“起来”至“河汉”三句，写出夏之大、夜之静。写静夜尚易，写大夏却难。写大夏有何难？要将那热忽忽、潮渌渌，静化得升华了，不但使人能忍受，且能欣赏玩味之却难耳。所以自来诗文写春、写秋、写冬底多，而且好底确是不少。写大夏底便少，而好底更为稀有。家六吉极推《楚辞》之“滔滔孟夏”，与唐人之“薰风自南来，殿阁生微凉”。然《楚辞》是大处见大，唐人是大处见小，惟有老坡此处，乃是小处见大，风格固自不同。“试问夜如何”以下直至结尾，一句一转换，有如此手段，方可于韵文中说理用意。不则平板干瘪，纵使辞能达意，只是叶韵格言，填词云乎哉？若单论此处，长公与幼安，大似同条生，但辛老子用时多，苏长公用时少，而且方圆生熟，截然两事，仍是不同条死也。学人自会去。此外尚有一则公案，苦水分明举似，再起一番葛藤。有不识惭愧者流，改坡公此词，为七言八句，更有不知好歹底人，便说彼作远胜此词，且不用说音律乖舛，世上没有恁般底《玉楼春》。只看“起来琼户启无声”，只一“启”字，便将坡词“庭户无声”之大气，缩得小头锐面，趣味索然。更不须说他首句“清无汗”之删去“凉”字之不通，与结句之改“又不道”为“只恐”之平庸也。眼里无筋，皮下无血，何其无耻，一至于此？

日昨往看同参颖公，具说已选得东坡乐府十余首，将继稼轩长短句而说之。颖公劈头便问：可有《贺新郎》“乳燕飞华屋”一首么？苦水答曰：无有。但是选时确曾费过一番斟酌。不曾收入，并非遗漏，亦非嫌弃。说辛词时，曾经说明苦水词说，原备学人反三之助，所以

选外仍有佳词；不过苦水之所欲言，已尽于现所入选之数首，不必重叠反覆。譬如颖公所举之《贺新郎》，“乳燕飞华屋”五字又是写夏日底名句，情象原不怎的。但读后令人自然觉得有一种夏日气息扑面打鼻而且包身而来，直至“悄无人，庭阴转午”，依旧暑气不退。待到“晚凉新浴”，方才有些子凉意。所以“手弄生绡白团扇，扇手一时似玉”之下，便自然而然地“渐困倚、孤眠清熟”也。然而仍是逃暑，并非是清凉。眼前情事，写得如此韵致，又是非老苏不办。但自此以下，尤其是过片而后，直至结尾，因为直咏榴花，苦水却觉得无甚可说。况且《洞仙歌》之“庭户无声，时见疏星渡河汉”，足足敌得过此“乳燕”以下数语。而“冰肌玉骨，自清凉无汗”，也实实好似他“手弄生绡

唐　周昉　《簪花仕女图卷》

白团扇，扇手一时似玉”也。所以既收《洞仙歌》之后，终于舍此《贺新郎》。然而道是不说，不说，也终竟是说了。不怨他颖公多口多舌，只怨苦水拖泥带水，自救不了。

木兰花令

次欧公西湖韵

霜余已失长淮阔。空听潺潺清颍咽。
佳人犹唱醉翁词，四十三年如电抹。

草头秋露流珠滑。三五盈盈还二八。
与余同是识翁人，唯有西湖波底月。

不知可确，据说会泅水底人，想要跳水自杀却非易事，以其浮而不沉故。说也可笑，平时惯浮，及其自杀有意求沉，却仍旧是浮。后天底习或可以变易先天底性，而一时之意却难左右后天底习也。者个且置。至如长公为词，擒纵杀活，在两宋作者之中，并无大了得。只是出入之际，他深深理会得一个出字诀。者个他亦未必有意，只是天性与学力所到，自然而然有此神通。所以作来不拘长调小令，悲愁欢喜，总还你一个宽绰有余。文心无迹，书法有形，只看他作字便知。后来学书人，一为苏体，往往模糊一片，更无一个能及得他疏朗清爽。有人说：长公诗文书法，俱似不十分着力。苦水则谓：这也还是那个出字诀在那里作用着。亦复即是开端所说，会泅水底人跳在水里，虽在有意自杀之时，也仍旧浮而不沉也。此一章《木兰花令》，是和六一翁之作。说起六一翁，不独是坡老前辈，而且在文字上，也有一番香火因缘。在文学震撼一世，及身享名这一点上，两人又正复相同。如今老坡移守颍州，正是六一翁四十三年以前旧治。抚今追昔，常人尚尔，何况坡老一代才人，与欧公又非泛泛之交乎？据年谱，坡老是年五十六岁。盖亦已垂垂老矣。此词虽是和作，莫只看他技巧，且复理会几个入声韵是何等凄咽。开端“霜

清　杨晋　《仿古山水图册之十》

余”两句，分明是凛凛深秋。当此之际，追念昔者，心中又是何等感喟。若是别个，便只有能入而不能出，然而又非所论于长公也。前片四句，一口气读下去，不知怎的，沉着之中，总溢出飘逸，而凄凉之中，却又暗含着雄壮。若说“长淮”之“阔”虽然已失，毕竟点出“阔”来，何况“清颍”正在“潺潺”，而“霜余”二字又暗示天宇之高、眼界之宽乎？若如此说，未必便孤负作者文心。但“佳人犹唱醉翁词，四十三年如电抹”两句之中，并无与前二语中类似字样，何以仍旧如彼其飘逸而雄壮耶？“犹唱”者何？前人不见也。“如电”者何？去日难追也。字法如此，固宜伤感到柔肠寸断、壮志全消矣，而仍旧如彼其飘逸与雄壮者何耶？读者于此，非于字底形、音、义三者求之不可。看他“佳”字、“翁”字，何等阔大。“人”字、“电”字，何等鲜明。“三年”两字，何等结实。“抹”字是借得欧公底，且不必说他真形容得日月如石火驹隙也。若谓苦水如此说词，何异三家村中说子路，则何不将此二句试改看：歌儿还自唱欧词，四十载来空一抹。总还不失作者原意，但读来岂但不复是词，简直不成东西。如此说来，难道那两句词便似贾阆仙一般驴背上推敲出来底么？真个是不，不，一点也不。此义已于说《永遇乐》章“统如”三句时说过，此处不再絮聒。夫长公当此境地，所作之词，依然不为悲伤所制，而别具风姿，岂不又是出字诀底神通作用？又岂非一如没人跳水自杀，依旧浮而不沉乎？而苦水所云，后天底习或可变易先天底性。而一时之意，却难左右后天底习者，岂不又可于此消息之乎？坡仙追悼欧公之词，此章之外，尚有一首《西江月》：

三过平山堂下，半生弹指声中。十年不见老仙翁，壁上龙蛇飞动。

欲吊文章太守，仍歌杨柳春风。休言万事转头空，未转头时皆梦。

据龙榆生笺，是老苏四十四岁之作。大约尚在壮年，豪气能制悲感，所以作来金钟大镛，满宫满调，学人容易理会得出，故弃之而取此《木兰花令》。至于《西江月》歇拍两句，“万事转头空”者，言现在既成过去，日后回想，与梦无殊也。“未转头时皆梦”者，即身处现在，俗人俱认为非梦者，而有心之士亦以为皆梦也。就词论词，或者不见怎底。若以意旨而论，却是坡老底擅场，学人又不可忽略过去。

又龙笺引傅注引《本事曲集》，谓：六一翁《木兰花令》原唱与坡公和作“二词皆奇峭雅丽”。苦水曰：欧词足足当得起此四字。若坡作，“奇峭雅”有之，“丽”则未也。

西江月

顷在黄州，春夜行蕲水中，过酒家饮。酒醉，乘月至一溪桥上，解鞍曲肱，醉卧少休。及觉已晓，乱山攒拥，流水铿然，疑非尘世也，书此语于桥柱上。

照野弥弥浅浪，横空暧暧微霄。
障泥未解玉骢骄。我欲醉眠芳草。

可惜一溪明月，莫教踏碎琼瑶。
解鞍欹枕绿杨桥。杜宇数声春晓。

笔记载：长公与黄门既各南谪，相遇于途中。同在村店中食汤饼。黄门微尝，置箸而叹，长公食之尽一器，谓黄门曰："子尚欲咀嚼耶？"大笑而起。千载而下，读此一节，长公风姿尚可想见。学人于此一重公案，且道坡老此等处为是豪气？为是雅量？学人如欲加以分疏，首先须对豪气、雅量加以理会。要知豪气最是误事，一不小心，便成颟顸；再若左性，即成痛痒不知，一味叫嚣。雅量亦非可强求，须是从胸襟中流出，遮天盖地始得。倘若误会，便成悠悠忽忽、飘飘荡荡、无主底幽灵。要说坡公天性中，原自兼有此二者。早期少年，逞才使气，有些脚跟不曾点地，亦不必为之掩饰。待到屡经坎坷，固有之美德，加以后天之磨砻，虽不能如陆士衡所谓"石蕴玉而山辉，水怀珠而川媚"，亦颇浑融圆润，清光大来。所来老坡豪气雅量虽然俱有，学人亦且不得草草会去，致成毫厘相差，天地悬隔。此《西江月》一章，小序已佳，大约前人为词，不曾注意及此。先河滥觞，厥维坡老，后来白石略能继响。然一任自然，一尚粉饰，天人之际，区以别矣。苦水平时常为学人分说，文人学文，一如俗世积财，须是闲时置下忙时用，且不可等到三节来至，债主临门，方去热乱。所以鲁迅先生说："不是说时无话，只是不说时不曾想。"苦水亦常说：文章一道，不可以

清　张若澄　《燕山八景图册之金台夕照图》

无心得，不可以有心求。亦复正是此意。大凡古今文人，一到有意为文，饶他惨澹经营，总不免周章作态。惟有不甚经意之时，信笔写去，反能露出真实性情学问与世人相见。吾辈所取，亦遂在此而不在彼。坡公书札、题跋与词序之所以佳妙，高处直到魏晋，亦复正是此一番道理。若有人问：苦水本是说词，扯到词序，已是骈拇枝指，今更扯到书札、题跋，岂不更是喧宾夺主？苦水则曰：要知北宋人词之妙处，与此亦更无两致。他们原个个有诗集行世，推其意，亦自矜重其诗。若夫小词，大半是他们酒席筵前信手写来分付歌者之作。其忒煞率意者，浅而无致，亦并非没有。若其高者，则又其诗所万不能及者也。此亦犹如右军之《乐毅论》《东方画赞》，虽是笔笔着力，字字用心，倒是《兰亭》一序，冠绝平生。又其短帖，亦往往得意外之意也。一首《西江月》字句之美，有目共赏。苦水若再逐字逐句，细细说下去，便是轻量天下学人，罪过不小。不过须要注意者，坡老此词，乃酒醒人静，旷野水边，题在桥柱上面底。即此，便与彼伸纸吮毫与人争胜之作不同。更与彼点头晃脑、人前卖弄者异趣。如说此词虽写小我，而此小我与大自然融成一片，更无半点触枝梧，所以音节谐和，更无罅隙。这也不在话下。但所以致此之因，却在坡老此时确具此感。维其感得深，是以写得出，遂能一挥而就，毫无勉强。如问：苦水见个什么，便敢担保东坡确实如此，更无做作？苦水则曰：诗为心声，惟其音节谐和圆妙，故能证知其心与物之毫无矛盾也。不见《楞严经》中，佛问："妆等菩萨及阿罗汉，从何方便，入三摩地？"憍陈那五比丘即白佛言："于佛音声，悟明四谛。"又言："我于音声得阿罗汉。佛问圆通，如我所证，音声为上。"夫音声尚可以入佛，何至诗人所作之韵文，吾辈读之而不能得其文心哉？古亦有言：声音之道感人深矣。苦水曰：如是，如是。世人动以苏、辛并称，而苦水则以苏为圭角尽去，而以辛为锋芒四射。然其所以致此之因，苦水仍未说破。于此不妨再行漏逗。老辛一腔悲愤，故与自然时时有格格不入之叹。饶他极口称赞渊明，半点亦无济于事。老苏豪气雅量化为自在，故随时随地，露出无入而不自得之态。乡村野店，一碗面条子，其于坡老也又何有？如此说了，更不烦再说苏、辛二人之于词有方圆生熟出入难易之分也。

临江仙

送王缄

忘却成都来十载，因君未免思量。

凭将清泪洒江阳。故山知好在，孤客自悲凉。

坐上别愁君未见，归来欲断无肠。

殷勤且更尽离觞。此身如传舍，何处是吾乡。

诗之为用，抒情写景，其素也。渐而深之为说理，抑扬爽朗，而情与景于是乎为宾。扩而充之为纪事，纵横捭阖，情辅景佐，包抱义理，蔚为大观。词出于诗，而其为体，纪事为劣，说理或可，亦难当行，苟非大匠，辄伤浅露。惟于抒情、写景二者曲折详尽，乃能言诗所不能言。然大家之作，多为寓情于景，或因景见情。若其徒作景语而能佳胜，亦不数觏。西国于诗，抒情一体，区分独立。华夏之“词”，总核名实，谓之相副，无不可者。顾情之为辞，乃是总名。疆分界画，累楮难尽。详而长之，请俟异日。若其写之于词，普遍通常，伤感而已。平居常谓：伤感也者，人所本有。故虽非作者，而见月缺以情移，睹花落而心悲，上智下愚，或当别论，吾辈具是凡夫，陷此大网，鲜能脱离。若其施之诗词，尤为抒情诗人之所共具。惟其一触即发者，每失肤泛，不堪回味。至其衷心回荡酝酿，发之篇章，温馨朗润，感人之力，至不可忤。或出不中规，言过其实，卤莽灭裂，乃成嘶嗄。是则小泉八云氏所谓痉挛，非所论也。亦有搔首弄姿，竞趣巧丽，浮漂不归，空洞无实。如是之作，尤无取焉。此《临江仙》一章，龙笺引朱疆村先生曰：“按本集，‘仲天贶、王元直自眉山来见余钱塘，既行，送之诗。’施注：‘王箴字元直，东坡夫人同安君之弟也。’王缄未知即箴否。”

宋　佚名　《雪山行骑图》

苦水曰：当是也。何以故？吾尝举此词与《江城子》“十年生死两茫茫”一章，为长公极度伤感之代表作。老坡平日见解既超，把握亦牢，苟非骨肉亲戚之间，生死别离之际，所言必不如此。且两章俱用阳韵，几如失声痛哭。如非情不自禁，当不至是。于此可知人类无始以来，八识田中有此一种本惑种子，复加熏习，遂乃滋生，有如乱草，雨露所濡，蔓延无际，吾人堕落日以益深。《遗教经》言：“譬如老象溺泥不能自出，真可痛也。”夫以坡老如彼才识，尚复如此，况在中下，宁有既乎？或问：子为是言，类出世法，与词何有？苦水则曰：此无二致。伤感虽为抒情诗歌创作之源，而诗家巨人，每能芟除，或以担荷，或以透出。前者如曹公，如工部，后者如彭泽。故其壮美也，有似海立而云垂；其优美也，一如云烟之卷舒。不同小家数者，利用伤感，蛊惑读者，又如恶疾专事传染已。夫食以养生，苟其无食，一日则饥，十日则死。此其重要当复何若？而袁安雪中忍饥高卧，又有人焉，学道辟谷，乃成飞仙。苦水虽曰伤感实为创作源泉，究其重要，非食于生。姑云云者，不独为是向中人说，亦且令学人慎重鉴彼曹公、少陵与渊明者，知所取则，虽未刈除类如辟谷飞仙，亦当忍耐如彼袁安也。或者又曰：此词结尾二句“此身如传舍，何处是吾乡”，坡公固已透出矣。苦水曰：不然，人有丧其爱子者，既哭之痛，不能自堪，遂引石孝友《西江月》词句，指其子之棺而詈之曰：“譬似当初没你。”常人闻之，或谓其彻悟，识者闻之，以为悲痛之极致也。此词结尾二句与此正同。若能于此悟入，心死一番，或有彻悟之时。遂谓此为是，未见其可也。集中尚有《临江仙·送钱穆父》“一别都门三改火”一章，若以词致论，似较胜于今兹所说之作。其结尾曰“人生如逆旅，我亦是行人”，虽未必即到庄子所谓“送君者自涯而返，而君自此远矣”之境界，但亦悠然有不尽之意。其透出伤感，亦远过于适间所说之二语。苦水之终于弃彼取此者，其故有二。一者，彼为朋友，此为懿亲，己象他象之际，情感不免有厚薄之分，而透出遂亦不无难易之别。二者，兹余所选，不尽佳词，前已言之。但能藉彼篇什，尽我言说，足矣。苦水尚不敢轻量天下士，其敢遂以只手掩尽天下人耳目哉！

定风波

三月七日，沙湖道中遇雨。雨具先去，同行皆狼狈，余独不觉。已而遂晴，故作此词。

莫听穿林打叶声。何妨吟啸且徐行。
竹杖芒鞋轻胜马，谁怕？一蓑烟雨任平生。

料峭春风吹酒醒，微冷。山头斜照却相迎。
回首向来萧瑟处，归去，也无风雨也无晴。

吾观大家之作，殆无不工于发端。不独孟德之“对酒当歌”、子建之“明月照高楼”也。此在作者未必有意，推其命篇之意，尤不必在此发端，竟工至如是者，殆以不甚经意之故。盖当其开端之时，神完气足，愈不经意，愈臻自然。至于中幅，学富才优者，或不免于作势，下焉者竟至于力疲。所以者何？有意也。迨及终篇，大家或竟罗掘，下者直落败阙。所以者何？意尽也。元乔梦符之论制曲，有凤头、猪肚、豹尾之说，盖亦叹其难于兼备。吾谓此岂独然于曲，凡为夫文，莫不胥然矣。夫坡公之为是《定风波》也，其意在“一蓑烟雨任平生”与“也无风雨也无晴”乎？世人之赏此词也，其亦或在二语乎？苦水则以为妙处全在发端之“莫听穿林打叶声，何妨吟啸且徐行”，而尤妙在首句。即以此为潘大临之“满城风雨近重阳”，亦殆无不可，或竟过之，亦未可知。何以故？潘老未免凄苦，坡仙直是自在也。且也曰“穿”，曰“打”，而风之“穿林”与雨之“打叶”，不徒使读者能闻之，且使如竟见之也。而冠之以“莫听”，继之以“何妨”，写景与用意至是乃打成一片。千载而下，吾人遂直似见风雨中髯翁之豪兴与雅量也。学人试持此与辛幼安《鹧鸪天》之“莫避春阴上马迟，春来未有不阴时”，比并而读之，则于吾所谓出入与透出、担荷者，或亦不复致疑矣乎？“一

元　李衎《沐雨图轴》

蓑”七字，尚无不可。然亦只是申明上二语之意。若“也无风雨也无晴”，虽是一篇大旨，然一口道出，大嚼乃无余味矣。然苦水所最不取者，厥维“竹杖芒鞋轻胜马，谁怕”二韵。如以意论，尚无不合。惟“马”“怕”两个韵字，于此词中，正如丝竹悠扬之中，突然铜钲大鸣；又如低语诉情，正自绵密，而忽然呵呵大笑。此且无论其意之善恶，直当坐以不应。所以者何？虽非无理取闹，亦是破坏调和故。是以就词论词，“料峭春风”三韵十六字，迹近敷衍，语亦稚弱，而破坏全体底美之罪尚浅于“马”“怕”二韵九字也。学人如谓苦水为深文周内，则苦水将更吹毛求疵。夫竹杖芒鞋之轻，是矣，胜马奚为？晚食当肉，安步当车，人犹谓其心目中尚有肉与车在，则此胜马，岂非正复类此。拖泥带水，不挂寸丝之谓何？透网金鳞之谓何？若夫“谁怕”，此是何事而用怕耶？或者将曰：此言谁怕，是不怕也。苦水则曰：无论不与非不，总之不能用怕。当年黄龙公举拳问学人曰：唤作拳头则触，不唤作拳头则背。东坡于此，纵使不背，亦忒煞触了也。吾不能起髯苏于九原而问之。学人如不肯苦水，则请别下一转语。莫只道苦水不识惭愧，只会去呵佛骂祖也。

南乡子

梅花词和杨元素

寒雀满疏篱。争抱寒柯看玉蕤。
忽见客来花下坐，惊飞。
踏散芳英落酒卮。

痛饮又能诗。坐客无毡醉不知。
花尽酒阑春到也，离离。
一点微酸已着枝。

杨诚斋绝句曰："百千寒雀下空庭，小集梅梢话晚晴。特地作团喧杀我，忽然惊散寂无声。"苦水早年极喜之，以为写寒雀至此，真不孤负他寒雀也。"特地作团"四字，令人便直头听见啁啾即足之声，说"喧杀我"，遂真喧杀我。"忽然惊散"四字，又令人直头觉得群雀哄然一阵，展翅而去，说"寂无声"，遂真个耳根清净，更没音响也。而持以与此"南乡子"开端二语相比，苦水不嫌他杨诗无神，却只嫌他杨诗无品。"寒雀满疏篱，争抱寒柯看玉蕤"，"满"字、"看"字，颊上三毫，一何其清幽高寒，一何其湛妙圆寂耶？便觉诚斋绝句二十八个字，纵然逼真杀，纵然生动煞，与苏词直有雅俗之分，又岂特上下床之别而已？便是"忽见客来花下坐，惊飞。踏散芳英落酒卮"，亦高似他"忽然惊散寂无声"。苦水并非压良为贱，更非胸有成见，一双势利眼直下看他杨万里，高觑他苏胡子。何以故？杨诗"惊散"之下，而继之以"寂无声"，是即是，只是死却了也。不然，也是澹杀了也。苏词"惊飞"之下却继之以"踏散芳英落酒卮"，虽不能比他"高馆落疏桐"，亦自余韵悠然。烂不济，亦比杨诗为宽绰有余。若道这个又是诗词之分，苦水听了，便只有大笑而起，更不置辩，一任具眼学人自去理会。若道苦水颟顸，杨诗意在写雀，故如彼，苏之《南

元　钱选　《扶醉图》

乡子》，明题作“梅花词”，故而如此也。于此，苦水若说诚斋不是明明道他“小集梅梢”么？便是缠夹，不免另竖起葛藤桩子。辛稼轩《瑞鹤仙·赋梅》曰：“倚东风，一笑嫣然，转盼万花羞落。”苦水向日亦极喜之，以为从来写梅者不曾如此写，辛老子如此写了，真乃又使梅花既不失品格，而又活生生地与世人相见也。记得当年明公曾问苦水：此不是写杏花耶？尔时苦水便休去。及今思之，倚风嫣然，或是杏花。万花羞落，杏花纵转盼煞，却万万不办。然持以与此《南乡子》开端二语相比，又觉稼轩写来吃力，着色太浓，不如坡老笔下自在，情韵澹雅。学人或者又曰：老辛正面攻杀，老苏侧击旁敲，故尔如然。苦水曰：车行舟行，两可到家，吾辈只看他到家与否便得，分甚舟之与车？若说侧击旁敲，原自不无。但亦不过论文之士方便说法，立此假名，学人切勿执为实有，以致东西悠荡，不着边际也。此义大长，如今急于说词，姑止是。一首《南乡子》，高处妙处，只此开端二语。“忽见”二韵十六个字，苦水虽曾以之压倒诚斋之诗，与前两句衡量之，已有自然与人力之差。最糟是过片之“痛饮又能诗，坐客无毡醉不知”。“坐客无毡”自可，“醉不知”也去得，然已自嫌他作态自喜矣。若“痛饮又能诗”，则决是糟。不知怎地，后来诗人作品中只一说到自家之饮酒赋诗，纵不出丑，也总酸溜溜的。以文论之，到此之际，十九有拼补凑合之迹。且不可举他老杜之“此身饮罢无归处，独立苍茫自咏诗”。须看“无归处”是甚底情境？“立苍茫”是何等气象？到此田地说不说俱得，否则一说便不得也。又且不可举他彭泽老子之篇篇说酒。今且不须检阅全集，只如“忽与一觞酒，日夕欢相持”，后来哪个又有此胸襟情韵耶？老苏作此词时，虽曰纪实，亦不合草，以至今日竟向苦水手里纳却败阙也。至于歇拍两韵，有底喜他“一点微酸已著枝”一句。苦水却不然。学人问这“不然”么？苦水原拟待汝一口吸尽西江水时，再与汝说。如今也不必了。还记得苦水说《西江月》“照野弥弥浅浪”一章，论及词序、书札、题跋处否？倘若并不记得，只仍参此章开端二语亦得。参禅衲子好问：西来何意？这个与我辈今日无干。只今且道：那“寒雀”十二个字是何意？

南乡子

送述古

回首乱山横。不见居人只见城。
谁似临平山上塔，亭亭。迎客西来送客行。

归路晚风清。一枕初寒梦不成。
今夜残灯斜照处，荧荧。秋雨晴时泪不晴。

坡公伤感之词，吾所选录，前此已有《木兰花令》及《临江仙》，并此一章，鼎足而三。然生离死别，其迹近似，出入变化，内容实殊。《临江仙》之送王缄，情溢乎辞，纯乎其为伤感者也。《木兰花令》笔力沉雄，气象阔大，盖于伤感有似超出，且加变化。说已详前，兹不复赘。至于斯篇，前片既叹人不如塔，亭亭无觉，迎送来去，后片复写残灯初寒，秋雨或歇，泪雨难晴。夫如是，则其伤感当至深矣。而试一观其命辞构语，工巧清丽，盖已不纯置身伤感之中，一任包围，但听支配；而已能冷眼情感之旁，细心观察，加意抒写。推究根源，一则任情，一则有想。夫情之与想，势难两大。此仆彼起，彼弱此强。当情盛时，想不易起。及想炽时，情必渐杀。古今中外，法尔如然。此则“送述古”之情固浅于“送王缄”，而《南乡子》之辞较工于《临江仙》者也。《孝经》有言，丧言不文。老聃亦云，美言不信。丧言不文者，意不暇及也。美言不信者，华过其实也。然则文事，难言之矣。言之无文，文之谓何？过饰藻丽，情或近伪。必也情经滤净，辞能称情，施之篇章，庶乎近之。是故伤感虽为创作源泉，苟无羁勒，譬彼逸马，即有骏足，适能覂驾。若其情不真挚，修辞虽巧，藻绘粉饰，徒成浮漂。吾于说词，屡及之矣。夫创作之源，厥本乎情，遣辞之工，实基于想。顾今所谓情、想二名，

北宋　赵佶　《溪山秋色图轴》

借自释氏，善巧方便，即何敢言。能近取譬，或助参悟。而哲人之想，一本理智，排斥感情。有如恶木遮山，伐木而山方出；乱草侵花，刈草而花始繁。其旨务在以想杀情。是其为想力求真实，排除虚妄，总归一有。若文士之想，间或不无藉助理性。要其本恉，乃在显情。有如画月者，月无可画，画云而月就。绘风者，风本难绘，绘水而风生。是其为想，今世所谓幻想、联想。固亦求真，而与彼哲人，标的不同，取经亦异。籀而绎之，判然别矣。苦水于是乃说坡词，藉资证明。临平山上，一塔亭亭，固已。若夫送迎去来，塔本无知，于彼何有？是则"亭亭"为真，而送迎也者，词人之想。秋雨曰晴，是已。泪既非雨，何有晴否？是则"秋雨"为真，而泪雨不晴，又词人所想也。以上二处，持较《临江仙》之"凭将清泪洒江阳，故山知好在，孤客自悲凉"，如以情论，则前者多伪，而后者多真。如以词论，则又前者较胜，后者较逊也。若是，其果伪者为优，真者为劣耶？丧言不文，美言不信，亶其然乎？然真者诚真，而伪者果伪耶？厨川白村之论文也，文学之真，科学之真，区分为二。世有二真，殆类戏论。吾兹窃谓：二者之外，当更别立哲理之真。真乃有三，大似呓语矣。自惭小智，屡经思维，迄于终竟，不得不尔。析其奥微，俟之明哲。而在英国淮尔德氏[1]，乃复致慨于彼说谎之衰颓。是则于文，以伪立论。与吾中土古圣所谓修辞立诚，大相径庭。淮氏制作，未臻上乘。若其品性，时涉乖僻。至于斯论，虽类诡辩，实有可采，未可遽尔以人废言。吾国诗教，温柔敦厚。溯在往古，允当斯旨。汉魏以来，不失平实。洎乎六代，宗老、庄者惟旷达，崇释氏者尚空无。其有志于文之士，善

[1] 今译为王尔德。——编者注

感锐察，又刘彦和氏所谓“窥情风景之上，钻貌草木之中”者也。独于纪事长篇，奇情壮彩，推波助澜，甚苦无多。《孔雀东南飞》《木兰辞》，自推巨擘，终似贫弱。降及唐代，诗称极盛。其有作者，少陵之《北征》《奉先咏怀》，而其中心，究为小我。纵极张皇，亦伤局促。“三吏”“三别”，虽近客观，既无主名，非纯叙述。自兹而下，益等自郐。白乐天氏之《长恨歌》，体制近是，而抒写铺叙纵使详明，补缀破碎，究未闳阔。众口脍炙，余无取焉。遥观西国，希腊之剧，荷马之歌，敻乎远矣。莎翁之钜制及十八世纪仿古之名作，吾国至今，仍属阙如。推其大原，何其非说谎衰颓之所致欤？顾维兹义，非数言可了。吾今说词，沿流讨源，聊发其端。因念坡公在黄州时，强人说鬼，昔者以为无聊，以为风趣，及今思之，情为作因，而想以佐情，伪以显真。此正坡老之文心，而说谎之妙用也。若然，则此临平之一塔，泪雨之不晴，殆尚其豹之一斑，而龙之半爪耶？

蝶恋花

暮春别李公择

簌簌无风花自堕。
寂寞园林，柳老樱桃过。
落日多情还照坐。
山青一点横云破。

路尽河回人转舵。
系缆渔村，月暗孤灯火。
凭仗飞魂招楚些。
我思君处君思我。

一部《东坡乐府》，苦水只选他十首，人或不免嫌其太苛。而此一首《蝶恋花》居然入选，人将更笑苦水之抛却真金抱绿砖也。不须学人指摘，如今苦水且先自行检举一番。词题曰《暮春别李公择》，俨然是个截搭题。要说惜别本可包括时令，何须别标暮春？可见老坡于此，自己亦觉悟到前后片之少联络，盖前片之写暮春，既不露惜别，与后片之写惜别，更不见暮春也。为文终非写八股，只要过渡下去，便可打成两橛。计出无奈，只好写成恁样一个题目，聊作解嘲。学人莫捉苦水败阙，说：稼轩岂不亦有“读庄子闻朱晦庵即世”底一首《感皇恩》乎？何以日前说辛时如彼招，如今说苏时便如此搦耶？且莫致疑于苦水之一眼看高，一眼看低。试看老辛前半阕之“忘言”“知道”，眼光直射到后半阕之“《玄经》遗草”，后半阕之“江河流日夜，何时了”，神情直回到前半阕之“梅雨霁，青天好”，便可证知他针线密缝，不似老苏此词之拆开来，东一片，西一片也。既如是，果何所取而录此词耶？也只爱他发端高妙耳。夫写春而写暮春，写花而写落花，诗人弄笔，成千累万，老苏于此，有甚奇特？试参他第一句“簌簌无风花自堕”，“簌簌”字、“自”字，真将落花情理写出，再不为后人留些儿地步。尤妙在“无风”，

宋　夏圭　《溪口垂钓图》

便觉落花之落，乃是舒徐悠扬，不同于风雨中之飘零狼藉。及至“堕”字，落花乃遂安闲自在地脚跟点地了也。“簌簌无风花自堕”之下，而继之曰“寂寞园林，柳老樱桃过”。澹沲之春光已去，清和之初夏将临。一何其神完气足？“落花相与恨，到地一无声”，妙句也。硬扭他落花，相与客情作么？“一片花飞减却春，风飘万点正愁人”，健句也。减春愁人，将何以堪？更有进者，“簌簌无风花自堕，寂寞园林，柳老樱桃过”，直透出天地之妙用，自然之神机，自然而然，行乎其所不得不行。人力既无可施，造化亦只任运。更不须说瓜熟蒂落、水到渠成也。到这里，虚空纵尚未成齑粉，而悲戚欢喜早已一齐百杂碎了也。不说品之高，即只此韵之远，坡公以前以后，词家有几个到得？学人莫只道他写景好。苦水当日读简斋诗，极喜他“归鸦落日天机熟”一句。今日持较苏词，嫌他简斋老子一口道破，反成狼藉耳。如论蕴藉风流，仍须是髯公始得也。大凡大英雄行事，岂必件件尽属惊天动地，但总有一二事，做到前人做不到处。大文人之作，岂必句句震古铄今，但总有一二语，说到前人说不出处。若不如是，屋上架屋，床下安床，纵非依草附木底精灵，也是贼德害道底乡愿。争怪得苦水为此两韵，录此一词？但两韵之后，“落日多情”十四字，读来总觉得硬骨碌地，不似坡公平日笔致之圆融。过片“路尽”两韵，吾观宋人之词，送别之作，往往写送客一程，居人独归之情景，坡词于此，想亦是也。“月暗孤灯火”，火字须是明字，修辞格律始合。今以为韵所牵，易明为火，不得，不得。如谓灯火二字合成一名，原无不可。但只着一孤字形容，未免凑合。结尾之“我思君处君思我”，虽乏远韵，亦自去得。但上句之“凭仗飞魂招楚些”，又何耶？《水浒传》里李铁牛大哥见了罗真人归来之后，乃云不省得说些甚底。苦水于苏词此处亦复不省得苏胡子说些甚底。或当是楚些招飞魂之意。若然，则又是削足适履了也。老坡此词阕，如是败。苦水今日一一分明举似学人，岂是苦水才情高似东坡，苦水更别有说在。赏观名家之作，一集之中，往往有几篇，一篇之中，往往有数语，简直一败涂地。数语在一篇，瑕不掩瑜，且自听之。几篇之在全集，何似删之为愈？如说前人有作，后人编集，不免求备，故有斯愚，则作者当时何如不作？作了又何必示人？这个便是中土文人颟顸处，不经意处。极而言之，不自爱惜处。何况词在北宋，尚未列入正统文学之中乎？然而有一利必有一弊底反面，却又是有一弊也有一利。更不用说短处即是长处。古人神来之笔，不必另起葛藤，即此《蝶恋花》发端两韵，苦水再三赞美而不能已者，也还是此颟顸、此不经意、此不自爱惜。刘彦和《文心雕龙·总术》篇曰：“执术驭篇，似善弈之穷数。弃术任心，似博塞之邀遇。”又曰：“博塞之文，借巧傥来，虽前驱有功，而后援难继。”又曰：“善弈之文，则术有恒数，按部整伍，以待情会，因时顺机，动不失正。数逢其极，机入其巧，则义味腾跃而生，辞气从杂而至。”论文之文，善巧方便，一至于此，而其行文，亦复大有“义味腾跃而生，辞气从杂而至”之乐。苦水只有顶礼赞叹，而又虽不能至，心向往之矣。但苦水却亦有小小意见，要共者位慧地大师理会一向。博塞之文，不如善弈之文，此在学人参修，原自不误。若大家创作，神游物化，却不拘于此。所以陆士衡曾说“或竭情而多悔，或率意而寡尤”也。若邀遇绝对不如穷数，陆氏便不如是说了也。诚如彦和所云善弈强似他博塞，何以下文又说“以待情会，因时顺机”乎？所谓情会与时机者，岂非仍有类于博塞邀遇底“遇”耶？如只任术便得，尚何须乎机与会之顺与待耶？即以博弈而论，谚亦有云：棋高无输，牌高有输。其故亦在穷术与任运，饶你赌中妙手，无如牌风不顺，等张不来，求和不得，仍是大败亏输。若棋则不然，高手决不会输。若偶尔漏着，输却一盘，定是棋术尚未十分高妙也。然而此亦言其常耳。若是手气旺盛，则虽赌场雏手，无奈他随手掷去，尽成卢雉。此则东坡词中所谓六只骰子六点儿，赛了千千并万万者。饶你多年经验，不免向他雏手手中，落花流水一般纳败阕也。若是着棋却不然。纵使高手，倘遇劲敌，所差不过一子半子，即便费尽心机，赢则决定是赢，而所赢仍不过此一子半子，决定不会楸枰之上，黑子尽死，白子全活也。虽曰文事不能全类博弈，然而那颟顸，那不经意，甚至那不自爱惜，有时如着棋，真能输却全盘。若是如赌博，忽然大运亨通，合场彩物便尽归他一人手里。若然则坡老此词之开首两韵，其博塞之遇来，是以如有神助，而其以下直至歇尾，又其弈棋之术疏，是以全军俱覆也乎？

减字木兰花

钱塘西湖有诗僧清顺，所居藏春坞，门前有二古松，各有凌霄花络其上，顺常昼卧其下。时余为郡，一日屏骑从过之。松风骚然，顺指落花求韵，余为赋此。

双龙对起。白甲苍髯烟雨里。
疏影微香。下有幽人昼梦长。

湖风清软。双鹊飞来争噪晚。
翠飐红轻。时下凌霄百尺英。

两株古松，上络凌霄，而清顺却常昼卧其下，者位阇梨，忒煞风流。而东坡又屏骑从过之，且为此作小词，者位太守，也忒煞好事。虽公案分明，而往事成尘，如今也不索掂掇。且就此小词，与学人葛藤一番。“双龙对起”，妙哉，妙哉，便真有拔地百尺、突兀凌云之势也。“白甲苍髯”，着迹矣，尚自可。“烟雨里”，倘不是真指烟雨，便不知其何所指；倘真指烟雨，不与“昼梦长”抵触耶？如谓“烟雨里”谓特殊有雨之时，“昼梦长”言其常也。然则常之与殊，于此连续说之，不益相矛盾耶？“疏影微香”，其指凌霄花矣。“下有幽人昼梦长”，此大似隐士，岂复是和尚，殆欲逃禅矣乎？“湖风清软”，恰好，恰好。若只是两株古松，着此四字，不得，不得。为是松上络有凌霄花，得也，得也。“双鹊飞来”，无不可，但何必定是双？若再一边树上一个，不足呆相，亦是笑话了也。“争噪晚”，着一噪字，与清软之湖风又抵触矣，是又大不可者也。若道尔时，恰值有双鹊在松上争噪，苦水于此，将大喝一声：有也写不得。而况“疏影微香”之中，幽人梦长之际，噪已不可，争个什么？一争，一噪，好容易拈出清软，与影与香与人与梦融成一片，至是，俱被他搅得稀糟，使不得也。此又是苏长公颟顸处、不经意处、不自爱惜处。苦水亦不复替他谦了也。

清　杨晋　《仿古山水图册之五》

夫如是，苦水之于此词，半肯半不肯，选而说之，何为也？只为他“翠飐红轻，时下凌霄百尺英”二韵，割舍不得而已。学人莫只看翠之飐，红之轻。若只如是，又是错认驴鞍桥作阿爷下颏。近代修辞论文，有所谓形容与描写之二名也者。苦水不怨此二名误尽天下苍生，却只惜有许多学人错认却定盘星，以致自误。处处寻枝摘叶，时时掰斤播两。自夸形容之工，描写之细，其实十足地心为物转，将境杀心，沉沦陷溺，永无觉醒。熏习日甚，只成诗匠，更非诗人，简直自救不了，说甚超凡入圣！所以苦水平日堂上说诗，每每拈举韩翰林“惜花”一章，警戒学人。若说此诗之“皱白离情高处切，腻红愁态静中深”，亦自煞够工细。亦自为他贴将去，脱不开，死却了，不肯活，更无半点高致，不须再检举他无神韵也。有一塾师出杜诗“好雨知时节”题，令其弟子作五言八韵底试帖诗，即得时字。一本卷子中有一联曰：“不先还不后，非早亦非迟。”说时迟，者老夫子一见此诗，便扯将那学生子过来，教他自读此十字一过；那时快，更不说甚青红皂白，他痛痛地与他二十戒尺。完了方说：“我只打你个不先还不后，非早亦非迟。”若说不先不后，非早非迟，岂不扣得那杜诗“好”字、“知”字、“时节”字，严严地、密密地？但二十戒尺打得定是，决不冤枉那学生子也。至如苏词之“翠飐红轻”，岂可与此学生子之低能相提并论？亦尚还不至如“致尧”那两句之呆板。苦水何必如此神经过敏，哓哓不休？不见道涓涓不塞，将成江河。又道南辕北辙，发脚便错。只缘婆心，遂成苦口耳。至于“时下凌霄百尺英”，又是前说所谓坡老底赌运亨通。王静安先生说宋景文之“红杏枝头春意闹”曰：“着一‘闹’字，而境界全出。”难道苦水于此不好说：着一“下”字而境界全出耶？

一个“下”字，抉出神髓，表出韵致，无意气时添意气，不风流处也风流。尚何有乎形容与描写，何处更着得工与细耶？学人于此会得，苦水得好休时便好休。倘不，苦水更有第二杓恶水在。北宋以后，词人咏物之作，正文不露题字。苦水曰：他自作灯虎，我无闲心哄他猜谜；他自绕弯子，莫更怪我不陪他吃螺蛳也。坡公于此，明点出凌霄花，吾辈今日难道不能赏其“下”字之妙耶？夫凡花之落，皆可曰下，此有甚奇特？然而须理会得此是凌霄花百尺之英，自古松白甲苍髯里，徐徐坠落，所以是下也。莫又怪苦水何以知其徐徐，不曰“湖风清软”乎？准物理学，苟无空气之阻隔，物之下坠，同此迟速，无分重轻。但大气之中，花体本轻，高处坠落，只缘阻隔，更觉徐徐。且凌霄之花朵较大，花色金红，而其落也，不似他花碎瓣离萼，而为全朵辞枝。试思昼卧百尺之树下，仰见苍髯之枝间，忽然一点金红，悠悠焉，渐降渐低，愈落愈近，安然而及地焉。盖良久，良久，而又一点焉。良久，良久，而又一点焉。不说下，而将奚说耶？莫又怪苦水何以知其是良久一点也。苦水于此，更自叹息，说词至是，惹火烧身。夫文士为文，亦须格物。凌霄之落，既不是风飘万点之愁人，亦不似桃花乱落之红雨也。凡夫落朵而不落瓣之花，当其落也，盖无不是如此之良久，良久，而始一点也。不道是“下”，道个什么？苦水说时，用坠、落、降等字，只是不得已而用之。先自供出，省得又被告发。“时下”，本或作“时上”。大错，大错，决不可从。试问甚底上？又上个甚底？莫是双鹊上他凌霄么？笑杀，笑杀。两个野鹊上在花上，有甚风光？若再问：者个较之上章“簌簌无风”一句，何如？苦水则曰：那个多，者个少。者个是朵，那个是瓣。那个若是自然底大机大用，者个只是道心底虚空昭灵。不会么？不会。者里尚有个末后句在：者个只是个无意。莫见苦水如此说，便又大惊小怪。不见古德说达摩西来，也只是个无意。好好一首《减字木兰花》，今被苦水说东话西，肢解车裂，真真何苦。其实一部《东坡乐府》，其中好词，亦俱不许如此说。然而苦水十日之间，居然说了整整十首。虽然心不负人，面无惭色，也须先向他东坡居士忏悔，然后再向天下学人谢罪。

附 录

吾拟说苏词，选目既定，细检一过，而觉诸选家所俱收，或盛脍炙人口而未入吾录者，得五首焉。夫诸家俱选，且盛脍炙矣，是有目共赏之作也，将不须吾之说耳。初故舍之。然吾于此五章，亦不无欲言者在。故终取而略说之。汇为说苏之附录云尔。

卅六年九月霍乱预防之际，

苦水识于净业湖南之倦驼庵。

念奴娇

赤壁怀古

大江东去，浪淘尽、千古风流人物。
故垒西边，人道是、三国周郎赤壁。
乱石穿空，惊涛拍岸，卷起千堆雪。
江山如画，一时多少豪杰。

遥想公瑾当年，小乔初嫁了，雄姿英发。
羽扇纶巾，谈笑间、强虏灰飞烟灭。
故国神游，多情应笑我，早生华发。
人生如梦，一樽还酹江月。

坡公以此词得名。世之目坡词为豪放，且以苏与辛并举者，亦未尝不以此词也。吾于论词，虽不甚取豪放之一名，然此《念奴娇》，则诚豪放之作。“大江东去，浪淘尽、千古风流人物”，本极可悲可痛之事，而如是表而出之，遂不觉其可悲可痛，只觉其气旺神怡。即其过片“故国神游”以下直至结尾，亦皆如是。更无论其“江山如画”两句及“遥想公瑾当年”以下直至“灰飞烟灭”之两韵也。然谓之豪放即得，遂以之与稼轩并论，却未见其可。辛词所长：曰健，曰实。坡公此词，只“乱石”三句，其健、其实，可齐稼轩。即以其全集而论，如谓亦只有此三句之健、之实，可齐稼轩，亦不为过也。全章除此三句外，只见其飘逸轻举，则仍平日所擅场之出字诀耳。即以飘逸轻举论，亦以前片为当行。若过片则浮浅率易矣，非飘逸轻举之真谛也。公瑾之雄姿英发，何与小乔之嫁？然如此说，尚无不可。若夫强虏，顾可谈笑间使之灰飞烟灭耶？昔读左太冲《咏史》诗曰：“左眄澄江湘，右盼定羌胡。功成不受爵，长揖归田庐。”以为功成身退或尚不难，若江湘左眄而澄，羌胡右盼而定，遂开文士喜为大言之风气，窃尝笑其如非欺人，定是不惭也。坡词于是，虽谓周郎，而非自谓，然其神情，无乃类之。至“故国神游”，想指三国。“多情应笑”，其谓公瑾乎？

南宋　佚名　《赤壁图》

“早生华发”，则自我矣。然三语蝉联，一何其无聊赖耶？稼轩之“不恨古人吾不见，恨古人不见吾狂耳”，人或犹嫌之，而况此之空肤耶？煞尾二句，更显而易见飘逸轻举之流为浮浅率易。至于后人学之不善，成为滥调，则后人自负其责。苦水尚不忍以是为坡公罪。

水调歌头

丙辰中秋，欢饮达旦，大醉，作此篇，兼怀子由

明月几时有，把酒问青天。
不知天上宫阙，今夕是何年。
我欲乘风归去，又恐琼楼玉宇，高处不胜寒。
起舞弄清影，何似在人间。

转朱阁，低绮户，照无眠。
不应有恨，何事长向别时圆。
人有悲欢离合，月有阴晴圆缺，此事古难全。
但愿人长久，千里共婵娟。

东坡之作，举世所钦，震铄耳目，首推前篇。沦浃髓骨，厥维此章。何者？《念奴娇》篇，大气磅礴，易于骇俗；《水调歌头》情致圆熟，善中人意也。以余观之，此章精华乃在前片之琼楼玉宇，高处自寒，起弄清影，人间可住耳。西国诗人，信道之士，时或赞美大神，倾心天国，唾弃现实，向往永生。其有抱愤怀疑，崇情尚智，又复鄙薄往生，别寻乐土，执着地上，歌咏人间。窃谓二者俱非所论于中土。则以吾国智士，习论性天，否亦喜庄列者每任自然，崇释氏者辄宗空无。虽有三别，实归一玄。缀文之士，专命骚雅；逊世之士，托身岩阿，大都不免纵情诗酒，流连风月。至于发愤抒情，慷慨悲歌，献酬奉酢，歌功颂德，尚匪所论。综上以观，韵文神致，西国中土，实不同科。故夫高举者既非同乎热烈之信仰，而住世者仍有异于现实之执着也。吾曩者读苏词此章前片之“不知”以下直迄“人间”，颇喜其有与西洋近代思想相通之处。及今思之，坡公之意，若有若无，惟其才富，故纵情而言，自具高致。与彼西士有意入世，固自不同。朱敦儒《鹧鸪天》词曰“玉楼金阙慵归去，且插梅花醉洛阳”，与此相近。惟朱语浅露，易见作态；坡词朗润，遂更移人。究其源流，尚非异致。韩吏部诗曰：“我能屈曲自世间，安能从汝巢神山？”则语意愤激，

清　华岩　《举杯邀月图》

未若坡老情致酝藉矣。过片而后，圆融太过，乃近甜熟。此在长公，放情称意，不失本色。从来学人步趣失真，滋多流弊，吾意弗善，不复费辞。

水龙吟

次韵章质夫杨花词

似花还似非花，也无人惜从教坠。
抛家傍路，思量却是，无情有思。
萦损柔肠，困酣娇眼，欲开还闭。
梦随风万里，寻郎去处，又还被，莺呼起。

不恨此花飞尽、恨西园、落红难缀。
晓来雨过，遗踪何在，一池萍碎。
春色三分，二分尘土，一分流水。
细看来，不是杨花，点点是，离人泪。

静安先辈之论词，吾所服膺，其论咏物之作，首推是篇。又曰："和韵而似元唱。"苦水则不以其似元唱而喜此词。或吾于诗词，不喜咏物之作之故耶？总之，不复能强同于王先生而已。少陵之诗有拙笔而无俗笔，太白有俗笔矣。稼轩之词有率笔而无俗笔，髯公有俗笔矣。此或以才虽高，而学不足以济之，即李与苏之于诗词，稍不经意，犹不免于俗耶？吾于上章，不取过片，即嫌其近俗，然犹未至于俗也。至于是篇，直俗矣。前片开端至"呼起"，滥俗类如元明末流作家之恶劣散曲。"抛家傍路"，"寻郎去处"，其尤显而易见者也。过片"不恨"两句，可。然曰"恨西园、落红难缀"，则无与于杨花也。"晓来雨过"，"一池萍碎"，好。虽不免滞于物象，乏于韵致，而思致微妙，可喜也。嫌他"遗踪何在"一句楔在中间，累玉成瑕耳。"春色"三句，苦水不理会这闲账。结尾"是离人泪"，苦水直报之曰：不是，不是，再还他第三个不是。几见离人之泪如斯其没斤两也耶？亏他还说是细看。因知老坡言情并非当家。刻骨铭心，须让他辛老子出一头地。

明　仇英　《柳园人形山水图》

蝶恋花

春景

花褪残红青杏小。
燕子飞时，绿水人家绕。
枝上柳绵吹又少。
天涯何处无芳草。

墙里秋千墙外道。
墙外行人，墙里佳人笑。
笑渐不闻声渐悄。
多情却被无情恼。

笔记谓朝云每歌“枝上柳绵”二句，便如不胜情。又谓其随坡至南海，日诵二语，病极犹不释口。而朝云既没，子瞻亦终身不复听此词。吾意此说或当不虚。然陆平原曰：“落叶俟微风以陨，而风之力盖寡。孟尝遭雍门以泣，而琴之感以末。何者？欲陨之叶，无所假烈风；将坠之泣，不足繁哀响也。”彼朝云之有动于此二词也，此物此志也夫。而王渔洋氏乃曰：“枝上柳绵，恐屯田缘情绮靡，未必能过，孰谓坡但解作‘大江东去’耶？髯直是超伦绝群。”夫超伦绝群，或者不无。若缘情绮靡，直恐未必。何者？心与物既为缘，情与致即俱生。二语致过于情，是以出而非入。虽曰柳绵渐少，芳草遍生，有情于此，不免伤春。然柳绵之少，无大重轻，芳草青青，至可玩赏，况乃天涯无处而非芳草，则吾人随地皆可自怡，吾之所云致过于情、出而非入者，不益信耶？试再以辛词“待得来时春尽也，梅结子，笋成竿”，与此相较，则吾之言不益明耶？苟其吹毛求疵，挦章撦句，不独天涯芳草，已嫌于损情而益致，而枝上柳绵尤为不揣本而齐末。此不当云枝上柳绵耶？枝为遍名，总赅万木，柳乃特举，何有众枝？虽然，吾如是说，聊为学人修辞警戒，非于坡公深文周内。彼自豁达，不妨疏润耳。至于过片，如非滥俗，亦近轻薄，说详上章，不复述焉。

明　吕纪《四季花鸟图之夏》

卜算子

黄州定慧院寓居作

缺月挂疏桐，漏断人初静。
谁见幽人独往来，飘渺孤鸿影。

惊起却回头，有恨无人省。
拣尽寒枝不肯栖，寂寞沙洲冷。

附录五篇，吾肯此章。如是短什复三“人”字，豁达可想，无事吹求。“缺月”二语，境况幽寂，幽人之幽，坡老自道。鸿影飘渺，既实指鸿，又以自况。“惊起”者何？人为鸿惊也。“回头”者谁？东坡老人也。“有恨”者，人与鸿同此恨也。“无人省”者，坡公有触，他人不省也。结尾二语，谓鸿不栖树，自宿沙洲，无枝叶之托庇，有霜露之侵陵也。所谓“恨”者，其指此也。于是而人之与鸿，一而二，二而一，不复可辨也。若是，则吾于此词殆全肯矣。竟不入选而归附录者，抑又何耶？吾于是几无以自解。然而有说焉。以文字之表现论，如是即可。如以意境论，则是固吾国诗人千百年来之传统，而非坡公之所独有也。文士之文，固不可刻意怪险，以致自外于天理人情；亦不可坠落坑堑，以致无别于前贤旧制。坡老此作，尚不至如吾后者所云。然格调既暗合乎曩篇，即酸咸乃无殊乎众味。况乎风骨未甚遒上，以诏后学，易生枝蔓者哉。如曰：苦水虽复哓哓苦口，亦属鳃鳃过虑。人娶少妻，极相爱悦，既见妻母皤然一婆，归而出妻。亲朋诧异，询其何说。乃云：“日后吾妻必类其母。”苦水于此，正复如然。顾学者立身，希圣希贤，释者发心，成佛作祖。取法乎上，仅得乎中。防微杜渐，着眼不妨略高耳。此自吾意，不关苏词。私心不满，匪宁惟是。忆吾每诵此章，辄觉虽

清　袁江《秋庭赏月图》

非恶鬼森然扑人，亦似灵鬼空虚飘忽，只有惝恍，了无实质。即彼天仙不食烟火，吾犹弗喜，矧此鬼趣无与人事者哉？或曰：《楚辞·山鬼》，子亦将如是说之耶？则曰：屈子之作，离忧后来，艰难辛苦，命曰《山鬼》，实皆世谛，未似苏公之虽曰“幽人”，乃只幽灵，踢曰“有恨”，徒成幽恨也。吾如是说，人或不谅。言发由衷，吾意至诚，岂独于苏词，轩轾殿最一准乎是，吾于一切前贤篇什，无不如此。即吾个人学文，创作批评，取径发足，亦复胥然也。

后　叙

苦水既说辛词竟，于是秋意转深，霖雨间作，其或晴时，凉风飒然。夙苦寒疾，至是转复不可聊赖。乃再取《东坡乐府》选而说之，姑以遣日。所幸事少身暇，进行弥速，凡旬有二日而卒业。复自检校，不禁有感，乃再为之序焉。《典论》之论文也，曰："文以气为主。"而继谓："气之清浊有体，不可力强而致。"曰"清浊"，曰"有体"，曰"不可力强"，则子桓所谓气者，殆气质之气，禀之于文者也。吾读《论语》，不见所谓气，至孟氏乃曰："我善养吾浩然之气。"王充《论衡·自纪》篇曰："养气自守。"吾于浩然无所知，姑舍是。若仲任之意，乃在养生，与子舆氏似不同旨。以气论文，文帝之后则有彦和。《文心雕龙》，篇标《养气》。盖至是而子桓之气，孟氏之养，并为一名，施之论文。顾刘氏曰："神之方昏，再三愈黩，是以吐纳文艺，务在节宣。清和其心，调畅其气，烦而即舍，勿使壅滞。"语意至显，义匪难析。约而言之，气即文思，故其前幅有曰"志盛者思锐以胜劳，气衰者虑密以伤神"也。是与子桓亦正异趣。至唐韩愈则曰："气盛则言之长短高下皆宜。”至是气之于文，始复合流孟子所言浩然之气。故苏子由直谓气可以养而至。自是而后，文所谓气，泰半准是。子桓言气，授自先天．韩氏曰盛，苏氏曰养，尽须乎养，养之始盛。是则后天熏习，大异文帝所云不可力强者矣。及其末流，乃复鼓努为势，暴恣无忌，自命豪气，实则客气。施之于文，既无当于立言，存乎其人，尤大害于情性。吾于论词，不取豪放，防其流弊或是耳。世以苏、辛并举，双标豪放，翕然一词，更无区分。见仁见智，余不复辩。今所欲言，乃在二氏之同异。吾于说中已建健、实之二义，为两家之分野。说虽非玄，义尚未晰，今兹聊复加以浅释。东坡之词，写景而含韵;稼轩之作，言情以折心。稼轩非无写景之作，要其韵短于坡。东坡亦多言情之什，总之意微于辛。至其议论说理，统为蹊径别开。而辛多为入世，苏或涉仙佛。说中所立出入二名，即基乎是。世苟于是仍不我谅，我非至圣，亦叹无言矣。吾尝稽之史编，汉、魏以还，庄、列之说，变为方士，极之为不死，为飞升。大慈之教，蜕为禅宗，极之为参学，为顿悟。其继也，流风所被，举世皆靡，善玄言者以之为指归。说义理者，藉之见心性。而诗家者流，未能自外，扇海扬波，坠坑落堑。即以唐代论之，太白近仙，摩诘宗佛，其著者矣。其在六代，翘然杰出，不随时运，得一人焉，曰陶元亮。其为诗篇，平实中庸，儒家正脉，于焉斯在，醇乎其醇，后难为继。其有见道未能及陶，而卓尔自立，截断众流，诗家则杜少陵，词人则辛稼轩。虽于世谛未能透彻，惟其雄毅，一力担荷，不可谓非自奋乎百世之下，而砥柱乎狂澜之中者矣。至于东坡，虽用释典，并无宗风。故其诗曰：“溪声便是广长舌，山色岂非清净身。”又曰：“两手欲遮瓶里雀，四条深怕井中蛇。”

若斯之类，于禅无干，吃棒有分。倘其有悟，不为此言矣。即其词集，凡作禅语，机至浅露。如《南歌子》“师唱谁家曲”一章与“浴泗州雍熙塔下”之《如梦令》二章，虽非谰言，亦属拾慧。固知髯公于此，非惟半涂，直在门外也。昔与家六吉论苏诗，六吉举其《游金山寺》之“怅然归卧心莫识，非鬼非人定何物”，谓为老坡自行写照。相与轩渠。夫非鬼非人，殆其仙乎？其诗无论。即吾所选，如《南乡子》之“争抱寒柯看玉蕤”，《减字木兰花》之“时下凌霄百尺英”，皆净脱尘埃，不食烟火。又凡其词每作景语，皆饶仙气，而非禅心。吾向日甚爱其《水龙吟》之“推枕惘然不见，但空江，月明千里”，与《满江红》之“忧喜相寻，风雨过，一江春绿”，谓有禅家顿悟气象。今则以为前语近是，然集中亦只此一处。后者仍是词家好语，作者文心，特其阔大有异恒制耳。然则东坡之词，于仙为近，于佛为远，昭然甚明。远韵移人，高致超俗，有由来矣。或曰：在道在禅，同出非入，意态至近，区分胡为？则以禅家务在透出，故深禅师致赞美透网金鳞。明和尚谓：“争如当初并不落网？”深师诃之以为欠悟。若夫道流务在超出，故骑鲸跨鹤，翼凤乘鸾，蝉蜕尘埃，蹴踏杳冥，沧溟飞过，八表神游，虽亦不无神通变化，衲子视为邪魔外道者也。至两家于“生”，町畦尤判。道曰长生，佛曰无生。道家为贪，佛家为舍矣。纵论及此，实属赘疣，自维吾意在说韵致。学人用心，其详览焉。抑吾观东坡常不满于柳七，然《乐章集·八声甘州》之“霜风凄紧，关河冷落，残照当楼”，坡尝誉之，以为此语于诗句不减唐人高处。坡公此言，或谓传自赵德麟，或谓传自晁无咎，赵晁俱与苏公过从甚密，语出二子，皆当可谓。然则坡所致力，可得而言。夫柳词高处，岂非即以高韵远致，本是成篇，故其写悲哀，既常有以超出悲哀之外；其写欢喜，亦复不肯陷溺于欢喜之中。疏写景物，遥深寄托，情致超出，于是乎见。柳词既为坡公所誉，坡公为词时，八识田中必早具有此种境界，可断言也。今吾所选，若《木兰花令》之“霜余已失长淮阔”，《蝶恋花》之“簌簌无风花自堕”，以及集中凡作景语，高处皆然。至《永遇乐》之前片，又其变清刚而成绵密，去圭角以为圆融者也。向说辛词《青玉案》之“众里寻他”三句，以为千古文心之秘。而辛词混杂悲喜而为深，故当之入。苏词超越悲喜而为高，故偏之出。吾如是说二家之词，豪放之义早已不成，豪气一名，将于何立矣？是故稼轩非无景语，要在转景以益情；东坡亦有情语，要在抒情以寄景。吾于说中已略及之，学人于是将更不疑吾为戏论也。夫写情之词，而有耆卿，出语淫鄙，为世诟病。宋人诗话载：东坡谓少游曰：“不意别后，公却学柳七作词。”少游曰：“某虽无学，亦不如是。”东坡曰：“‘销魂当此际’，非柳七语乎？”审如是，则东坡于词，其作情语，所立标的，亦可准知。顾情之一名，义有广狭。凡夫生缘所遇，感动触发，举谓之情，此则广义。至若男女两性悲欢离合，是所谓情，乃是狭义。广狭虽分，渊源无别。取其易晓，始举后者。孔子说诗，其谓“《关雎》乐而不淫”，《大序》乃曰：“不淫其色。”混淆视听，殊乖蕉旨。金圣叹氏卤莽灭裂，遂谓好之于淫，相去几何。以吾观之，中土文人每写女性，既轻蔑其人格，遂几视为异类。声色狗马，同为玩好；子女玉帛，尽等货币。其在前古，尚不至是。降自六代，遂乃同声。则以文人多习官妓之歌舞，尽忘良家之德性，坏心术，伤风化，庸讵尚有甚于是者乎？诗教滋衰，民族不振，自命风雅，实则淫鄙。唐代之诗，尚多蕴含；宋代之词，至成扇炀。有心之士，作品之中务避异性，欲求雅正，乃成枯淡。先圣有言：“食色，性也。”意在创作，至忘本性，缘木求鱼，是之谓夫。伟哉居士，呵彼屯田，不唯具眼，实乃自爱。然吾读其词，除“十年生死两茫茫”之《江城子》外，缘情之作，未臻骚雅。即非玩弄，亦为玩赏。不过昔者视如犬马，坡公拟之琴鹤，较之柳七，五十步百步之间耳。佛法平等，既未梦见，儒曰同仁，敻乎远矣。以视稼轩之作，苏公不独逊其真情，亦且无其卓识。是以吾取稼轩写情，东坡写景。世乃于苏徒喜其铁板铜琶，于辛亦只赏其回肠荡气。口之于味，即有同嗜，味之在舌，乃复异觉。则吾之说辛、说苏，真有孟氏所云不得已者在耶？自维素性褊急，习成疏阔，学识既苦谫陋，思想亦未成熟，篇中立说或有矛盾，二三子须会马祖前说即心即佛、后说非心非佛之旨。务通意前，勿死句下。孟氏有言：“人之患在好为人师。”如苦水者，敢居表率倡导之列？然舌耕为业，既已有年，会众听讲，为数不鲜。德不称师，迹实无别。古亦有云：“师不必贤于弟子。”诸子有超师之见，吾之是说，譬之椎轮大辂可，以之覆瓿引火亦无不可。如其不然，不得错举。至于行文，体每苦杂，语时不迭。则以平生学文，鲜为散行，七载以来，衣食逼迫，疾病纠缠，愈少余暇，留心此事。今兹说词，每于率兴信手，辄复逾闲荡检。或亦稍求工整，亦非务事艰深。盖仿诸语录者，成之稍易，疏乃滋甚。自觉此病，一至古人篇章理致细密，情趣微妙，吾之说即专用文言，力排语体，下笔较迟，用心庶密耳。复次，口语用字，含义未周。未若文言，所包为广。纪述情事，或尚不觉，说明义理，方知其弊，维兹短说，并非宏著。文章得失，尚在其次。所冀海内贤达，见其俳谐之辞，不视为戏论；遇其恢诡之笔，勿目为怪诞。鉴其至诚，知其苦心，庶乎彼此两不相负。然而不虞求全，责虽在我，报毁致誉，岂能自必。言念及此，弥深慨叹矣。至吾自视，说苏较之说辛，用心较细，行文较畅。此是我事，无关他人。又凡书之有序，类冠诸篇之前。吾之是序，乃置诸文后。吾向于说辛之序，曾有所谓综合、补足与恢宏者。此序之旨亦复如是。夫既曰综合、补足与恢宏矣，自应后附，方合条贯。若夫前贤之作，马迁之自序，班氏之叙传，体既弗同，岂敢援以为例。《论衡》之《自纪》，《雕龙》之《序志》，意亦有殊，不必引以解嘲。盖吾之自叙，实等于结论尔。至其泛滥枝蔓，吾亦自知之。

卅二年九月十日苦水自叙于旧京净业湖南之倦驼庵